삶, 나와 함께 혼자 걷기

삶, 나와 함께 혼자 걷기

초판 인쇄 2021년 12월 10일
초판 발행 2021년 12월 15일

지은이 강목어
펴낸이 김태헌
펴낸곳 스타파이브

주소 경기도 고양시 일산서구 대산로 53
출판등록 2021년 3월 11일 제2021-000062호
전화 031-911-3416
팩스 031-911-3417
전자우편 starfive7@nate.com

삶, 나와 함께 혼자 걷기

강목어 지음

여는 글

"나와 함께 혼자 걷기"

– 내 삶의 별을 따라 나와 함께 혼자 걷기

오늘은 별을 따라
나와 함께 혼자 걷기

내 삶의 꿈을 찾아
나만 함께 혼자 걷기

어디로 가는지도 모르고
온종일 뒤엉켜 달리다가

여기저기 세상 속을 헤매다가
문득 올려다본 저 하늘

여전히 빛나고 있는 별들을 보며
아쉬운 독백처럼 물었지

그때 내가 꿈꾸던 별들은
이제 어디로 갔을까

희망의 그 별은 지금도 어디선가
여전히 빛나고 있을까

깊은 새벽까지 밝고 푸른 별로
아름답게 빛나고 있을까

그때 그 별을 떠올리며
오늘은 나와 함께 혼자 걷기

가장 소중했던 그 별을 찾아
나를 위해 혼자 걷기

나와 함께 혼자 걷다가
잊고 있던 그때의 나를 만나

그냥 가만히 껴안아 주기
함께 손잡고 걸어가 보기
오늘은 별을 따라
나와 함께 혼자 걷기

별이 보이지 않을지라도
별을 찾아 그냥 걷기

여전히 빛나는 내 별을 향해
나에게로 다시 걷기

내 삶의 별을 따라
그저 담담히 혼자 걷기

별을 따라 혼자 걷기
나와 함께 혼자 걷기

'강목어' 江木魚.. 쓰다..

Contents

"잊지 마라.. 나에게도 꿈이 있었음을..."

– 그래도 사랑하는 내 소중한 삶에게...

"잊지 마라.. 나에게도 꿈이 있었음을..."

– 그래도 사랑하는 내 소중한 삶에게..

지금 어디인줄도 모르고
길을 잃고 헤매고 있을지라도
그래도 잊지 마라..
나에게도 꿈이 있었음을...

이제 더 이상 아무 것도
부여잡을 수 있는 것이 없을지라도
그래도 잊지 마라..
여전히 희망의 별 하나
나를 향해 빛나고 있음을...

홀로 쓰러지고 무너지다가
실패조차 익숙해지고 눈물마저 잊을 때면
비로소 진짜 내 꿈을 찾아갈 때임을
그렇게 그 때가 온 것임을..
잊지 말고 기억하라...

이제 헛된 욕심 따위는
더 이상 미련 갖지 말고 놓아 버리고
외면하는 세상에게 억지로 매달리지 말고
진짜 내가 가고 싶었던 길을 가야지..

세상에서 멀어질수록
나 자신에게는 가까워지는 것
혼자에게로 외로워질수록
내 별에게로 가까워질 수 있는 것

결코 지울 수 없는 내 삶의 별 하나
아직도 여전히 거기 그대로 빛나고 있음을

어둠을 견디며 어둠속에서 빛나고 있음을
새벽을 부르며 밤을 지새우고 있음을
잊지 말고 떠올려라...

희망의 별을 따라 걷던 날이 있었지
지친 몸 일으키며 희망의 별을 찾아
나 혼자 울고 웃으며 지샌 밤이 있었지

그렇게 잊을 수 없는 희망의 별 하나
오늘도 내 가슴에 빛나고 있음을

그래서 아직 이루어야 할 꿈이 있음을
그래도 이루고 싶은 꿈이 있음을
잊지 말고 기억하라...

그렇기에 나는 여전히 소중한 사람이고
아직도 인생의 의미는 특별할 수 있음을

그것만으로도 살아야할 이유는 충분하고
비록 어느 곳 어떤 모습으로 있을지라도
살아가는 날들은 소중한 것임 잊지 마라..

그래도 사랑하는 나를 위해
그래도 고마운 누군가를 위해
그래도 함께하는 세상을 위해

끝내 숙명처럼 해야 할 일이 있음을
포기하지 않고 찾아가야할 꿈이 있음을
잊지 말고 되새겨라..

그렇게 잊지 마라..

나에게도 꿈이 있음을...

나에게도 꿈이 있었음을...

끝내.. 잊지 마라...

“그래도 인생인 것을.. 그것조차 인생인 것을...”

– 그러니 나와 함께라도 혼자가라...

외롭지만 외롭다고 말하지 못하고
고독하지만 고독하다고 말하지 못하지

쓸쓸해도 쓸쓸하다 말하지 못하고
기다리고 있어도 기다린다 말하지 못하지

혼자 걷고 있어도 혼자라고 말하지 못하고
혼자 울고 있어도 울고 있다 말하지 못하지

나의 길을 가고 있어도 그렇고
나의 길을 견디고 있어도 그렇지

그 누구에게도 그 말하지 못하고
그 누구도 그 말들어주지 않아도

그렇게 혼자서 혼자로 혼자가

아프고 아리고 아쉬울 지라도

그래도 아직 조금 더 기다리고
그래도 그렇게 담담히 걷다 보면

그렇지만 울어도 울지만 않는다고
그렇듯이 슬퍼도 슬프지만 않다고

그래서 울 때도 웃을 때도 그래도 인생인 것을..
그렇게 슬플 때도 기쁠 때도 그것조차 인생인 것을..

혼자라도 좋고 함께라도 좋은 것이 인생인 것을..
그 모두 소중한 인생인 것을..

그것조차 인생인 것을..
그래도 찬란한 인생인 것을..

그러니 나와 함께라도 혼자가라..
눈물 닦으면서도 그냥 가라..

“그 길을 걷다 보면...”

– 내 삶을 온전히 살아간다는 것은...

모진 비바람에 주저앉고 싶을 때가 더 많지

세찬 눈보라에 쓰러지고 싶을 때가 더 많지

하지만

새 길을 만들어 간다는 것은

막힌 길을 열어 간다는 것은

애초에 그런 독한 시련을 각오하고

고행처럼 그 길을 걷기 시작했던 거지

짙푸른 눈빛으로 지그시 입술 깨물며

저벅저벅 꾸역꾸역 그 길을 견뎌내는 거지

그렇게 그 길을 걷다보면

처절한 시련으로 헤쳐 낸 새 길이

기어이.. 그래서 더 찬란히 열리게 되고새롭게 열린 그 길로

사람들이 편안히 지날 때쯤이면
그때서야 비로소 알게 되지

그 길이 바로
비록 험하고 고통스러웠을지라도
진정 정의로운 사람들만이 걸었던
참된 삶의 길이었음을..

그 길이 바로
비록 외롭고 고독했을지라도
희망을 만들어낸 사람들만이 걸었던
가장 가치 있는 길이었음을..

그 길이 바로
내 삶을 온전히 살아간 사람들만이 걸었던
자유인의 길이었음을..

“인생의 승부”

– 인생 그 자체일 수도 있는 것이 인생의 승부다.

때로는 치욕과 굴욕을 견뎌라.

때로는 무시와 푸대접을 참아라.

때로는 분노와 억울함을 삼켜라.

그렇게 버티고 버티며

내일을 준비하다 보면

새로운 날이 올 것이다.

변명조차 할 수 없었던 억울함을

속울음을 삼키며 참아야 했던 모멸감을

견딜 수 없던 모욕을 당한 아픔과 분함을

쓰라린 고통으로 억지로 삼키며

쓰디쓴 눈물로 승부의 날을 벼르고 벼르면

또 다시 승부할 수 있는 그때가 온다.

후련하게 되갚아줄 그때가 온다.
후회 없이 되치기 할 그때가 온다.

눈물 났던 치욕과 굴욕을 갚아주고
먹먹했던 무시와 푸대접을 돌려주고
억울함과 모멸감과 배신감을 풀 수 있는
그 때가 반드시 올 것이다.

기다리고 기다려라
준비하고 또 준비해라

인생의 기회는 또다시 온다.
인생의 승부는 반드시 되돌아온다.

그때 다시 보여주면 된다.
끝내 견뎌내고 참았음이 옳았음을
때가 올 때까지 준비하고 기다린 것이
결국 잘 했던 것이었음을..

무시와 배신과 굴욕을 되갚아주며
멋지게 화려하게 비상할 수 있음을..

그동안 준비한 것들로 분명히 보여주면 된다.

인생의 승부는 그렇게
견뎌내고 준비하며 기다리는 그것에서
최후의 승리까지 시련을 견뎌내는 거기에서
진한 삶의 향기가 있는 것이다.

결국 인생의 승부는..
인생 그 자체일 수도 있는 것이다.

“혼자 걷는 법”

– 그저 내 걸음으로 나를 위한 내 길을 걸으면 된다.

삶의 길을 걷다 보면
내 옆에 아무도 없는 순간도 있다.
세상 누구도 내 맘을 몰라 줄 때도 있다.

그 어디에서든 외면 받고
그 모두에게서 소외 될 때도 있다.

그래서 혼자 외롭고 쓸쓸히 걸을 때면
억지로 사람들을 찾아 매달리기 보다는

그냥 내 걸음으로 담담하게 걷다 보면
그저 나의 길을 묵묵히 걸어가다 보면

그동안 잃어버린 내가 가야할 길을
잠시 잊고 있었던 내가 가고픈 길을
다시 만나기도 하고..

더 새로운 길을 만날 때도 온다.

그때가 되면 그동안 쌓아온 나의 발걸음이
더더욱 반짝반짝 빛나며 돋보일 때도 있고
세상에 외면 받던 나를 찾아 줄 때가 있다.

그때가 되면 지금보다 외롭지 않으면 된다.
그때가 오면 더 많이 세상 속에 함께 하면 된다.

그래서 혼자 걷건 함께 걷건..
누가 나를 찾아 주건.. 찾지 않건 간에..

그저 나는 내 걸음으로
그냥 나의 길을 가면 된다.

그래서 혼자 걸어 갈 때면..
그렇게 혼자 걸어가야 할수록..

잊고 있었던 나를 찾아서..
모른 척 했던 나를 위하며..
나를 위한 내 길을 걸으면 된다.

그것이 지친 발길을 덜 힘들게 하고
그나마 자신을 더 사랑하는 길이기에..

지금 비록 홀로 걸어도
오늘도 여전히 담담히 걷는다.

그렇게 나의 길을 걷는다.
그래도 내 삶을 걷는다.

다시 만날 나의 세상을 향해
세상 속에 나를 걷는다.
나는 나의 길을 걷는다.

“기억하라, 지금도 내 삶이 지나가고 있음을..”

– 이 순간도 다시 되돌아올 수 없는 내 삶의 시간들임을...

내가 할 수 있는 일도
내가 만날 수 있는 사람도
내가 함께할 수 있는 시간도

내가 사랑할 수 있는 날들도
내가 행복할 수 있는 순간들도
결국 그만해야 할 때가 온다는 것을..

그렇게 한정된 삶의 날들 속에서
누구와 만나 무슨 기억을 만들 것인가.
어떤 마음으로 무슨 말을 나눌 것인가.

그 정해진 살아감의 시간 속에서
어떤 삶으로 어떻게 행복할 것인가.

잊지 말고 떠 올려라..

삶의 시간은 이미 정해져 있다는 것을..

지금도 그토록 귀중한 삶의 시간을
그냥 그렇게 떠나보내고 있음을 안다면..

늘 다시 떠올려라..
모든 삶의 날들이 한정되어 있음을...
지금도 내 삶의 시간은 지나가고 있음을..

이렇게 그렇게 아쉽게 보내는 시간조차..
그래도 내 소중한 삶의 날임을 잊지 마라..

험담 보다는 칭찬을 더 많이 하고..
나쁜 말보다 좋은 말을 더 많이 듣고..
악한사람보다는 착한사람과 함께 더불어..

더 따스한 사람과 사람의 마음을 나누고
더 다정하고 더 즐거운 사랑의 기쁨으로
더 많은 날들을 행복으로 살아가야 함을..

잊지 마라.. 잊지 마라..

지금 이 순간도 다시 되돌아올 수 없는..
내 소중한 삶의 시간들임을..

그러니 잊지 마라..
그래도 더 사랑해야 하는 것임을..
그래도 더 행복해야 하는 것임을..

언제나.. 기억하라..
그래도 삶은 참 소중한 것임을..

“나도 그렇게 된다는 것..”

– 그래서 지금 여기서 행복해야 한다는 것..

삶의 진리는 지극히 단순하다
나도 그럴 수 있다는 것
나도 그렇게 된다는 것

나도 실패할 수 있다는 것
나도 후회할 수 있다는 것
나도 못 이룰 수 있다는 것

지금 갖고 있는 것, 잡고 있는 것을
모두 내려놓게 된다는 것

그 어떤 인연으로 만나도
결국은 헤어지게 된다는 것

그렇게 나 역시도 떠난다는 것
나도 그럴 수밖에 없다는 것

그럼에도 불구하고
덜 후회되게 살아야 한다는 것

그래서 미워하기보다 사랑하고
그래서 원망하기보다 이해하고

더 빨리 가려하기 보다는
내 걸음으로 담담히 걸으면서도
만족할 수 있어야 한다는 것

더 많이 갖고 더 높이 오르기보다는
여기서도 행복할 줄 알아야 한다는 것

그토록 긴 세월 배우고 익혀
고작 그 간단한 '나도 그럴 수 있다'는
당연한 사실 하나 알게 되는 것뿐인데..

왜 그리도 아파하고 힘들어 하며
억지로 참고 억지 쓰며 지내왔던가
그저 나도 그렇게 가야할 뿐인데...

그러기에 지금 그 자체를
더욱 더 소중히 대하라는 것

지금 함께 있는 사람과
지금 머물고 있는 곳에서

지금 하고 있는 일 속에서
지금 여기서 행복해야 한다는 것

그 평범하고 단순한 진리를
알면서도 외면하고 산다는 것

결국 나 역시도 그렇게 될 거면서..
우리 모두 누구나 그렇게 될 거면서..

“인생에서 가장 후회하는 착각..”

– 나중이 아니라 지금 할 수 있을 때 해야만 하는 것이다..

돈 벌면 잘해 줄게

돈 벌면 효도 할게

성공하면 도와 줄게

성공하면 나눔 할게

‘돈 벌면’이라며 미루고

‘성공하면’이라며 외면하다가

결국에는

돈도 못 벌고

성공도 못 하고

그렇게 하겠다는 약속은

아무것도 지키지 못하고

삶은 쓸쓸하게 지나간다.

간혹 바램대로
돈 벌고 성공을 하지만

이제는 이미
잘해줄 사람도
도와줄 사람도
더 이상 내 곁에 없다.

설령 그럴 사람이 곁에 있어도
잘해준다는 그 마음은 사라지고
더 벌고 더 성공하고픈 욕심만 남아버린다.

그래서 더 돈 벌어 잘해주고
더 성공해서 나누겠다는 말을
실제로 행하는 사람은 거의 없기에

아직 성공하지 않았을지라도
지금 바로 따스한 밥 한 끼를
다정히 함께 사이좋게 나누는 것

비록 부족하고 소박할지라도

차라리 오늘 뚝배기 한 사발을
편안히 부담 없이 함께 즐기는 것

오히려 가난하고 외로운 당신이
지금 초라하고 쓸쓸한 그 사람에게
그래도 손 내밀며 손 잡아주는 것

그것이 진정한 삶이고 사랑이고
함께함이고 나눔이고 행복인 것이다

삶은 그 누구도 기다려주지 않기에
할 수 있을 때 해야만 하는 것이다

다음에 나중에 때가 되면
무엇 무엇이 되면 하겠다는 말은
더 이상 하지 않기로 하자

인생에서 가장 후회하는 착각이기에
인생에서 가장 후회되는 착각이니까
알면서도 반복되는 때늦은 후회니까..

지금 이때가 지나면
그렇게 밥 사 줄 사람도 없고
그렇게 잘해 줄 사람도 이미 없고

따스하게 위로해 줄 사람도 없고
다정하게 손잡아 줄 사람도 없고

이제는 진심을 담아
진실로 사랑할 사람도 없으니까..

다음에 함께 할게
다음에 더 잘 할께 가
참으로 부질없는 약속임을 알게 될 때는

이미 때는 늦어버렸고..
이미 늦었음을 아쉬워할 때는..

모두가 그렇게 인생을 흘려보냈음을
결국 똑같은 후회로 알게 되기에..

“소중한 내 삶을 흘려보낸 후에야..”

– 다시 돌아갈 수 있다면.. 하나라도 분명히 했으리라...

세월이 이렇게 빠를 줄 알았더라면
나는 둘 중 하나를 분명히 했으리라

정말 즐겁게 춤추며 살든지
아주 열심히 꿈꾸며 살든지

참으로 행복하게 내 멋대로 살던지
철저히 인내하며 성공을 위해 살던지

나는 이러지도 저러지도 못하고
어정쩡하게 여기저기 기웃거리다가

이것도 아니고 저것도 아닌 채
결국 세월만을 보냈다

그리고 그렇게

세월이 빠르다는 것을 겪고 난 후에야

이것도 저것도 아닌 어정쩡한 삶은
결국 어정쩡한 결과만을 남긴다는 것을

그 어느 쪽이라도 확실하게 했다면
성공을 이루든 행복을 얻든 했을 건데

늘 서성대고 망설이며 주저하다가는
성공도 못하고 행복하지도 못하는 것임을

세월이 그렇게 빠르게 지난 후에야 겨우 알게 되었다
그렇게 짧은 순간의 삶이기에 어느 것에 열심히 몰입해도
이루어질지 말지 할 만큼 아주 어렵다는 것을..

삶은 그리도 짧고 빠른데도
그저 이리저리 망설이고 주저하다가는
어딘지도 모르게 떠밀려 흘러간다는 것을..

무엇 하나 제대로 한 것 없이
그토록 소중한 내 삶을 흘려보낸 후에야

이제는 다시 돌아오지 않는 시간임을
뒤늦은 후회로 알게 되었다.

다시 돌아갈 수 있다면..
그러지 않을 건데 라며 아무리 후회해도
모두 부질없는 것임을..
이제야 씁쓸히 알게 되었다..

"나는 괜찮다고 말할 수 있도록.."

– 그래도 그렇게 살아야지.. 살아내야지...

그 누구나 언제가 떠나는 것이 사람의 삶이지만..
그럼에도 느닷없이 떠나간 사람을 떠나보내며..

여기 이렇게 살아감의 소중함을..
살아있음의 감사함을 새삼 다시 느낀다.

살아감의 소중함.. 살아있음의 감사함을
먼저 떠나간 선배들이 가르쳐주었듯이..
나도 이제 정말 소중함으로 살아야지..

비록 애달프고 쓸쓸하고 처연한 삶일지라도
그래도 내 삶을 부정하지 않고 진심으로 껴안고..

눈물겨운 삶일지라도.. 눈물 흐르는 삶일지라도..
그래도 끝까지 살아야지.. 살아 내야지..

더 이상 미련도 없고 후회도 없다고
그렇게 나는 내 삶을 살았다고..
그래도 할 만큼 다 했다고..
나는 괜찮다고 말할 수 있도록..

그래도 악착같이 살아남아야지..
그래도 이 삶을 끝까지 열심히 살아야지..
그래도 그렇게 살아야지.. 나도 살아야지..

끝까지 끈덕지게.. 담담하게..
가슴으로 마음으로 진심 담아 살아야지..

비록 이만큼 사는 것이 뻔뻔스러울지라도..
끝내 살아남자고 다짐하며..
그렇게 살아야지..

인생은 지금 여기..
함께 하고 있는 사람들의 몫이기에..

못 다한 아쉬움을 남겨둔 인생 선배들의 그 몫까지..
나는 살아야지.. 나라도 살아야지..

끝내 살아남아야지..

때로는 서럽고 눈물겨운 날이 있을지라도..
그럴수록 더더욱 손 꼭 잡아 주고
마음으로 부둥켜안고 울고 웃으며

때로는 떠나간 그 사람을 그리워하며
어둑한 겨울 저녁 문뜩 흩날리는 눈발에
쓸쓸히 술 한 잔을 마실지라도..

솟구치는 서러움을 억누르며
쓸쓸히 깊은 밤 홀로 술 한 잔을 마실지라도
그리움으로 채워진 술 한 잔을 마시게 될지라도..

나도 살아야지.. 나는 살아야지..
여기 이렇게 끝내 살아야지..
끝까지 살아가야지..

삶,
나와 함께
혼자 걷기

"흔들릴 때면 처음으로 돌아가라.."

– 처음 그때, 어떤 마음으로 시작 했었던가...

“흔들릴 때면 처음으로 돌아가라..”

– 처음 그때, 어떤 마음으로 시작 했던가...

흔들릴 때면 처음으로 돌아가라..
혼란스러우면 시작하던 그 마음을 떠올려라..

내가 지금 어디로 가야하는지
지금 이 길이 맞는 것인지

이것을 해야 하는지 말아야 할지를
혼란스럽고 갈등이 생갈 때면

처음 시작할 때의 나에게로 돌아가라..
그래서 그때의 나 자신에게 물어보라..

어디로 가려고 했던가..
무엇을 하려고 했던가..

무엇을 위해.. 무엇 때문에..
어떤 마음으로 시작 했었던가..

그 마음으로 되돌아가면 되고
처음 가려고 한 곳으로 가면 된다.

원래 가려고 했던 그 길로
그 마음 그대로 그리로 향해 가면 된다.

가려고 했던 그 길을 담담히 걸을 때
결국은 아쉬움도 후회도 덜하게 된다.

지금 눈을 감고 마음 잔잔히
나 자신과 마주앉아 스스로에게 물어 보라.

나는 어디로 가려 했었던 가..
나는 무엇을 위해 가려 했었던 가..

내가 가야할 길은 내가 더 잘 알고 있다
내가 가고 싶은 길은 내가 제일 잘 알고 있다.

그렇기에 내가 나에게 대답해 줄 것이다.
내가 가고 싶었던 길을.. 내가 가야할 길을..

그렇게 첫 마음 담긴 소망의 그 길로
원래 가려한 그 길로 담담히 가라..

바로 거기에 나의 길이 있다..
바로 거기에 내 인생이 있다..

“인생의 성공이란..”

– 높이 나는 새가 더 높이 날아오르는 것은...

높이 나는 새가 더 높이 날아오르는 것은..

높이 날 수 있음을 자랑하려는 것이 아니라..

더 높이 날아올라 더 멀리 보며

저기 멀리에도 좋은 곳이 있음을

아직 보지 못한 곳에서도

참으로 아름다운 곳이 있음을

다른 새들에게 알려주려 하기 때문이다.

높이 날줄 알아도 낮게 날줄 아는 새는

너무 낮게 날고 있는 상처난 새를

더 낮은 곳에서 지켜주기 위함이다.

아직 따라오지 못하는 지친 새를..

계속 뒤처지고 있는 작은 새를..

차마 그냥 두고 가지 못하고
함께 가기 위한 마음이다.

세상의 이룸이나 배움도 마찬가지다.
높이 오르려고만 하다보면

어딘지도 모르고 자기 혼자 날다가
결국 무리를 떠나 허공 속으로 사라지고..

늦게 가더라도 낮게 가더라도
함께 날고 끌어주고 안아주고 지켜줄 때..

그 새들 속에서 진정으로 하나 되고
참 고마운 새 한 마리로 남는 것이다.

그것이 처음 날개 짓을 배웠던 이유이다.

그렇게 첫 날개 짓처럼 배웠던
그 의미대로 날 때 날개 짓은
진정한 자유의 날개가 된다.

지금도 날고 싶은가..
어떻게 날고 있는가..

어디로 무엇을 향해..
어디에서 날고 있는가..

시詩.. '강목어' 江木魚..

그저 남들보다 좀 더 앞서간 사람과
위대한 사람의 차이는 그 추구하는 가치에서 차이가 난다.

세종대왕이 한글을 만들고, 스티브잡스가 아이폰을 만든 건
권력을 더 공고히 하려거나 더 많은 돈을 벌기 위해서가 아니라
같은 시대를 사람들.. 이후 살아갈 사람들에 대한..

인간에 대한 애정, 소통, 공감, 나눔, 베품 같은 것들이
궁극적인 이유였던 것이다.

일반사람들이 더 많은 돈을 벌고 권력 잡아

남들에게 힘주고 더 편안하게 살려고 하는 것은
나를 위한 돈벌이일 뿐이고 나만을 기준으로 사는 삶이다.
그런 것은 진정한 의미의 성공이 아니다.

지금 여기 함께 살아가는 사람들을 위해..
또는 뒤이어올 새로운 후손들을 위해..

작은 디딤돌이 되어주고 더 나은 삶을 살도록 도와주는 것..
작은 보탬이라도 되어주고 동행이고 나눔이 되어주는 것..
그것이 진정 위대한 삶이고 살아감의 의미다..

그래서 그것이 진정 성공해야할 이유다.
또 그래서 그것이 진정한 인생의 성공이다.

"삶의 새날을 위대함으로 맞이할 것이다.."

– 나와 함께한다는 것 보다 더 소중한 것이 어디 있을까...

우주에 또 다른 지구가 있건 없건
그것이 대단치는 않다.

우리가 현재 확실히 알고 있는 것은
아직까지 사람이 살고 있는 별은
오직 지구 하나 뿐이라는 사실이다.

그래서 사람을 만날 수 있는 곳은 지구뿐이고
그런 단 하나뿐인 생명의 별 지구에서
어느 한 사람을 만난다는 건 어마어마한 일이다.

수십억 명의 사람이 살지만..
그 수십억명중에 내 마음을 알아주는 단한사람

세상에 또 다른 사람이 있건 없건
특별한 의미가 되어주는 단 한사람

내 편이 되어주는 단한사람
영원히 함께할 단한사람

수십억개가 넘는 별들 속에서
단 하나뿐인 생명의 별 이 지구에서

또 그런 수십억명의 사람들 중에
나를 이해해주고 사랑해주는
단 한사람이 나와 함께한다는 것

이보다 더 중요한 것이 어디 있을까
이보다 더 위대한 것이 어디 있을까

수십억중에 또 수십억중에 단 하나뿐인 것이
우리가 사랑한다는 것이기에..

그래서 우리가 사랑 하고 사랑 받는 것은
이미 그 자체로 위대한 것이다.

이미 그것으로 위대한 것이고..
이미 그것으로 된 것이기에..

그렇게 이 우주의 한가운데에서
사랑한다는 위대함으로 우리는 살고 있다.

오늘도 태양은 떴고..
사랑하며 살았고..

내일 역시도 태양은 뜨고..
우리 여전히 사랑하며 살 것이기에..

또 삶의 새날을 위대함으로
함께 맞이하게 될 것이다.

"좋은 사람 곁에 있으면 좋은 물들고.."

– 지금 함께하는 사람에게 어떤 물들이며 살고 있는가..

꽃밭에 있으면 꽃물 들고

풀잎 속에 있으면 풀물 들어

모래밭에 있으면 모래 묻고

진흙 밭에 있으면 진흙 묻어

좋은 사람 곁에 있으면 좋은 물들고

사랑스러운 사람 곁에 있으면 사랑 물들어

지금 어디 있는 가

누구의 곁에서 어떤 물들고 있는 가

꽃물 들어 꽃향기 나고 있는 지

진흙 밭에 진흙 묻히며 사는 지

지금 누구와 함께 있으며

누군가에게 어떤 물들고 있는 가

내 곁에 함께하는 사람에게
무스 물들이며 어떻게 살고 있는 가

그래, 비록 남들에게 꽃물 들이는
꽃같이 아름다운 사람은 못되어도

비워둔 여백이라도 되고
채울 수 있는 항아리라도 되어서

좋은 사람 곁에서 좋은 물들 줄 알고
착한 사람 옆에서 착한 물들 줄 알며

향기 고운 사람 옆에서는 고은 향
받을 줄 아는 사람이라도 되어야지

좋은 사람 알아볼 줄 알고
선한 사람 찾아다닐 줄 아는 사람으로

내게 배인 못된 냄새라도 덜 나게 만들고

내 속의 좋지 않은 냄새라도 날려 보내야지

꽃물들일 수 있는 사람은 못되어도
꽃물 들 수 있는 사람은 되어야지

좋은 사람 곁에서 좋은 물 받아
나눠주고 전해줄 사람은 되어야지

"세상으로부터의 자유.."

– 나의 길을 묵묵히 걷고 있으니까.. 그래도 나는 자유다...

더 이상 세상에
매달리지 않기로 했어..
어차피 모두 떠날 거니까..

아무리 애원하고 매달려도
떠날건 떠나가니까..

그렇게 간절히 매달리며
함께하고 싶어 했던 것들도
결국은 모두 떠나갔으니까..

그래서 차라리 내가 먼저..
놓아주기로 했어..

그리고 사막의 거북이처럼..
담담히 걸으며 말하려 해..

아무리 그래도 나는 자유다..
밤별 보며 더디게 걷고 있지만..

쓸쓸히 고독에 얽매여 있어도..
그래도 나는 자유다..

당신이 떠난 그때도..
세상이 떠나간 지금도,,
그래도 나는 자유다..

아무리 산다는 것이 눈물겨워도..
지금 여전히 혼자 견뎌내니까..
여기서 이 삶을 견뎌내니까..

지독히 쓸쓸하고 외로워도..
눈물처럼 비가와도..

이렇게 나의 길을..
묵묵히 걷고 있으니까..

그래도 나는..

자유다..

그렇게 나는..

자유다..

"될 일은 되고.. 안 될 일은 안 된다.."

– 될 일은 되게 되고.. 안 될 일은 안 될 뿐...

될 일은 된다.
단지 시간이 걸릴 뿐..

안 될 일은 안 된다.
되는 듯해도 안 되고 만다.

억지로 무리하지 않아도
될 일은 자연스럽게 되고

안 되는 일은 아무리
열심히 애를 써도 안 되고 만다.

되는 일은 되어야할 때가 되었거나
될 만한 상황으로 운 좋게 되게 된다.

안 될 일이란 것도 안 되는 것이

오히려 더 낫기 때문에
결국 안 되는 것일 뿐이다.

그러니 그냥 할 일을 하면 될 뿐이고..
내가 할 수 있는 일을 열심히 하고..
가야 할 길을.. 갈 수 있는 길을 갈뿐이다.

그렇기에 무슨 일이 되었다고..
너무 좋아할 일도 아닌 거고..

어떤 일이 안 되었다고
너무 상심 할 일도 아닌 거다.

억지로 매달릴 필요도 없고
더 이상 미련가질 필요도 없다.

단지 원래 인생사가 그런 거다.
인생사가 그래서 세상만사인거다.

될 일은 되는 거고..
안 될 일은 안 되기에..

그저 담담히 내 길을 걸을 뿐..
그냥 묵묵히 내 할일을 해갈 뿐..

결국 그것이 나의 인생이고..
되어야할 일이기에 결국은 되는 거고..
안 될 일이기에 안 되는 것일 뿐이기에..

된다고 너무 오만하지도 말고
안 된다고 너무 괴로워하지 말자.

그것이 모진 세파에 시달리는 세상사에서
덜 흔들리고 덜 상처 받는 방법이다.

그냥 사는 것이 그런 거다.
그렇게 때로는 쉽게 되는 거고..
또 때로는 아무리 애를 써도..
안 되며 사는 거다.

되면 그저 빙긋이 웃는 거고..
안 되며 허허 털어내면 되는 거다,

되는 일이든..
안 되는 일이든..
결국 모두 다 내 몫이기에..

가장 소중한 내 몫이기에..
그래도 소중한 내 인생이기에..

"비움으로써의 채움.."

– 비움으로 채워졌기에 더 아름다울 수 있는 그 무엇..

아무리 채우고 또 채워도

채운 것만큼 다른 한 곳이 허허해진다.

채운다고 채웠지만 그건 채움이 아니라

결국 지나보면 집착일 뿐이었다.

그래서 채움으로는 채워지지가 않는다.

비워낼 때 오히려 채워지게 된다.

애초부터 채움으로는

채워지지는 않는 것이 인생이기에..

비워내야만 채워지는 것이 삶임을 느낄 때

비로소 삶의 진정한 의미를 알게 된다.

결국 혼자에게로 돌아간다는 것을..

결국 모두 비우고 돌아간다는 것을..

그렇게 결국에는 비워질 것을 위해..
쌓아도 쌓이지 않은 허허함을 위해

쌓아도 소용없는 것들을 쌓으며
긴 세월을 마냥 흘려보냈던 것이다.

차라리 조금씩이라도 비워 낼 때
자신도 모르게 채워지는 것이 있다.

점점 차오르는 소중한 의미가 있다.
서서히 떠오르는 새로운 내가 있다.

삶은 비움으로 완성되는
한 폭의 동양화 같은 것이기에

비워놓았기에 더 뚜렷하게 새겨진
묵직한 서예 같은 것이기에

내 소중한 삶의 날들 속에..

무엇을 쌓았는지 보다..
무엇이 그려져 있는가를 보라..

단 한번 뿐의 삶의 끝에..
무엇을 남길 것인가 보다..
무엇이 새겨져 있는가를 보라..

그것이 바로 온 삶으로 빚어 낸
내 삶의 인생 작품이다.

비워냈기에 더 담백하고
비움으로 채워졌기에 더 아름다울 수 있는
인생이라는 이름의 그 무엇이다.

"나만의 집을 짓는 거야.."

– 사람답게 살 수 있는 그런 집을 짓는 거야..

새들도 내집을 짓고
개미들도 내집을 짓지

송사리도 내집을 짓고
땅강아지도 내집을 짓지

그런데 늘 집을 짓는
사람들은 내집이 없지

욕심쟁이들에게 속고
힘센 사람들에게 떠밀려

정작 사람들만 내집이 없지
오히려 사람이라 내집이 없지

이제부터라도

나만의 집을 짓는 거야

넓지 않아도 괜찮아
크지 않아도 괜찮아

마당에 바람이 머물고
뜰안에 새들이 쉬어가며

앞문으로 별빛이 빛나고
뒷창으로 구름이 노닐며

사시사철 꽃들이 피어나고
계절마다 과실이 익어가며

비 오면 빗소리가 들리고
눈이 오면 눈이 쌓여가는

햇빛 따습게 안을 수 있고
달빛 정겹게 받을 수 있는

밝은 웃음이 항상 함께하고

맑은 샘물이 편히 지나가는

좋은 사람이 반갑게 찾아 오게
어느 길손도 편안히 부담 없게

여기 그렇게 나만의 집을 짓는 거야
나만의 집이면서 편안한 집을 짓는 거야

누구나 머물다 가도 좋은
나만의 삶이 함께해서 더 좋은
그런 사람답게 사는 집을 짓는 거야

지구별 여정이 계속될 때까지
오래도록 편안하게 살아도 좋은
그런 집을 짓는 거야

꿈속에서라도 마음속에라도..
그렇게라도 이제라도
나만의 집을 짓는 거야

그림으로라도 글로만이라도..

세상에서 가장 편안한

나의 집을 짓는 거야

“사람을 만나야지..”

– 단지 사람 그 자체가 좋은 그런 사람을 만나야지...

그냥 사람을 만나야 하는데

단지 그 사람을 만나면 되는데

그 사람 명함을 만난다.

그 사람 마음을 만나야 하는데

그 사람 능력을 만난다.

그 사람 걸어온 길을 만나야 하는데

그 사람 직업을 만나고 능력을 만난다.

그 사람 진심과 꿈을 만나야 하는데

그 사람이 무엇을 해 줄까를 만난다.

단지 그 사람만 만나면 되는데

그 사람을 만나면서도

그 사람에게서 그 사람 이상의 것을
그 사람이 갖지 못한 것까지 만나려 하니

그 사람을 만나면서도 그의 진짜 모습을
보지 못하고 그 사람을 알지 못한다.

함께 있으면서도 각자 혼자이고
같이 있으면서도 서로 따로 있다.

그러다 보니 사람은 많아도 사람이 없다.
사람과 사람으로.. 가슴과 가슴으로..
단지 사람만으로 만날 사람은 별로 없다.

주변을 아무리 둘러보고 사방을 찾아봐도
사람 그 자체로 만날 수 있는 사람은 없다.

아무리 사는 것이 그렇더라도
설령 살아남기 위해 그런 거라 해도

분명 사람을 만났는데도
돌아서면 쓸쓸하고 허전하다.

사람을 만나면서도 마음이 변치 않다.
그래서 다들 외롭고 고독하다.

그렇지만 오늘도 사람을 만난다.
하지만 역시나 외롭다.

사람을 만나면 만나서 외롭고
만나지 않으면 만나지 못해 외롭다.

그래서 차라리 혼자가 편하다.
혼자일 때가 덜 외롭다.
그나마 혼자라서 덜 외롭다.

그래서 각자 혼자들 있다.
덜 외롭고 싶어 혼자들 있다.

하지만 그러면 그럴수록
마음만으로 만나는 사람..
내 자신 그대로 만날 수 있는..

지금 이 모습 그대로 만나도 좋은

그런 편안한 사람이 그립다.

그냥 아무 이유 없을 때도
지치고 힘들어 위로 받고 싶거나

세상 단 한사람에게 만이라도
내 마음을 말하고 싶을 때
아무런 부담 없이 고백할 수 있는

가장 부족하고 초라한 순간이라도
그저 사람만으로 만날 수 있는 사람..

더 낮은 자리에서 더 편한 모습으로
더 부끄러운 모습조차 보일 수 있는

그렇게 사람만으로 만나도 좋은 사람
사람만으로 만나도 이해해주는 사람

그런 사람 냄새 편안한 착한 사람
밝은 웃음이 좋은 그 사람이 그립다.

그래, 사람을 만나야지..
그냥 사람을 만나야지..

단지 사람 그 자체가 좋은
그런 사람을 만나야지..

“지금 여기 있는 나를 믿는다..”

– 아직도 꿈을 만들기에 나는 나를 믿는다.

나는 나로 인해 여기 와있다.
내가 이곳으로 온 건 나 때문이다.

내 안에 내가..
나도 모르게 이리로 이끌어 오게 된 거다.
단지 그 뿐이다.

그래서 여기가 좋은 곳이든 나쁜 곳이든..
원망하지도 후회하지도 않는다.
내가 나를 이곳으로 오게 만들었으니까..

이제 와서 어쩌겠느냐..
그렇게 나로 살았기에 여기 왔는데..

단지 내 가슴이 시키는 대로 살았고..
누군가에게도 아픔이 되지 않았고..

세상에 나쁜 짓으로 피해주지 않았다는..
그거 하나면 되는 거지..

그래도 나는 나를 믿는다.
비록 부귀를 얻지는 못 했지만..
세상에 인정받으려 비겁 하지 않았고..

보여주려 살기 보다는.. 보이지 않는 곳에서..
스스로 옳다고 믿는 그 길을 묵묵히 걸어왔기에..

강자가 되지는 못 했지만.. 강자에 맞서고..
강자에 아부하기 보다는.. 약자의 편에 함께 했기에..

이기는 승리에 취하기보다는.. 지기에 익숙하고..
위에 올라 서기 보다는..
아래에서 받쳐주기를 선택 했기에..

비록 내가 서있는 여기가 그 어디건..
그동안 살아온 내 삶의 가치를 믿고..
내 삶을 부끄러워하기 보다는 나 자신을 껴안는다.

그래 고생 많았다..
겨우 이만큼 밖에 살지 못 한다 해도..
겨우 이거밖에 안 된다고 말 할 수도 있지만..

그래도 또 희망을 만들고 참고 견디며 살아온..
아직도 꿈을 만드는 내가 고맙다며 나는 나를 믿는다.

삶이 꼭 무언가 큰일을 이루어야만 하는 것만도 아니고..
높은 자리에서 부귀영화를 누려야 되는 것만은 아니기에..

여전히 하루하루를 즐겁게 살고 있는 것만으로도..
만나는 사람마다 웃는 얼굴로 밝음을 주는 것만으로도..
누구든 진심으로 대하며 상대를 존중해 주는 것만으로도..

힘든 사람의 이야기를 오래도록 들어주는 공감만으로도..
작은 친절이라도 먼저 베풀어 주는 여유로운 마음만으로도.
그 누구에게든 말 한마디도 기분 좋게 해주는 배려만으로도.
원망 보다는 포용을 하고.. 질책 보다는 칭찬을 하는..
절망 보다는 희망을 찾고..
단점 보다는 장점을 보는 긍정만으로도.

일상에서는 양보할 줄 알고..
부족할지라도 나줄지 아는 넉넉함만으로도..

그래도 여전히 사랑하는 마음으로..
지금까지도 착하게 살고 있는 것만으로도..

그저 자유롭게..
그래도 좋은 사람으로 사는 것만으로도..
아직 그 삶의 가치를 믿고 인정해야 한다며..
그로인해 지금 여기 있는 나는 나를 믿는다..

그래도 내가 고맙다고..
나는 나를 믿는다...

삶,
나와 함께
혼자 걷기

"사랑하는 '나'의 '나'는 잘 있느냐"

– 그래도 사랑하는 내 소중한 삶에게 묻는다...

"사랑하는 '나'의 '나'는 잘 있느냐.."
– 아직도 나는.. 여전히 나를 사랑하며 잘 있느냐...

언제 세상이 나에게 단한번이라도 너그러운적 있었더냐..
언제 세상이 나에게 단한번이라도 만만한적 있었더냐..

세상은 늘 나에게 가혹함과 냉정으로 외롭게 대했었지만..
그래도 난 무릎 꿇고 굴복하지도 않았고..
돌아봐 달라고 매달리거나 애원하지도 않았었네..

묻는다. 아직도 잘 있느냐?
아직도 나는..
여전히 나를 사랑하며 잘 있느냐...

비록 외로운 것이 인간이라지만..
열 살 때도 혼자, 열다섯 살, 스무 살, 스물 다섯..
그리고 서른, 마흔에도.. 계속 혼자 걸었지..

그래..
그래도 끝내 살아남았다는 추억 하나는 남았구나..

비루한 삶이, 외롭고 서러운 시간들이..
언젠가 더 아름다운 열매를 맺을 거라 믿고..
수 십 년을 견뎠지만 여전히 외롭고 아프기는 매한가지..

이미 외롭고 아플 거라 생각 했었지만..
이미 그럴 거라 알고 있었지만..
그래도 왜 그리 아프더냐..
삶은 왜 그리 아프더냐..

오죽하면 오 헨리는 '글 쓰는 것'만으로도
'낭신은 외로운 서'라고 '고통을 견더낸' 거라고..
인간은 그렇게 외로운 존재라고 말했지만..

그래도 어스름이 물든 저녁, 비가 오는 저녁,
 지독한 설움의 멍에를 짊어지고..
혼자 돌아오는 마음은..
이미 중년이 되었지만 여전히 왜 그리 서럽더냐.

‘울지 마라’고 이십년 전에도,
또 십년 전에도 스스로를 토닥였지만..
왜 아직 눈물은 마르지 않더냐..

그래도 끝내 살아남았다고 말하지만..
왜 그리 쓸쓸 하기만 하더냐.

그래, 묻는다.
오늘도 비가 오는데..
여전히 세상이 그리운데 아직도 잘 지내느냐..

그게 나였고, 그래서 '나'는 '나'의 '나'를 사랑 하는데...
나는 아직도 나를 사랑하며 잘 있느냐..

나에게 묻는다..
'나'의 '나'는 잘 있느냐..

사랑하는 나의 나는 잘 있느냐..
끝까지 ‘나’의 ‘나’로 살아가는 ‘나’는 잘 있느냐..

"밥만 먹고 살다가기에 삶은 너무 아름답지 않은가.."

– 과연 무슨 꿈을 꾸었고 무슨 일을 하고 싶었던가...

밥만 먹고 살다가기에는 삶은 너무 아름답지 않은가.
귀 막고 눈 돌리며 혼자만의 행복을 찾다 살다가기에는..
세상의 역사란 너무 장엄하지 하지 않은가.

그래서 비록 먼지처럼 사라지는 미미한 존재일지라도..
삶과 세상을 외면할 수는 없다네.

그러기에 세상 속에 뛰어들어 서로 가슴으로 안고..
시린 비를 함께 맞으며 시로 부둥켜 울고 웃으며..
살아있음과 살아감의 소중함을 느낀다네.

그렇게 사람과 사람 속에서 마주하며 살아가고..
약자와 정의에 편에 선 것만으로도
좋은 사람으로 산 것이고..

그것만으로 멋진 삶이고..

그것만으로도 삶은 소중하다는 것을 이제는 아네..

이름을 남기려고 하지 않는다네.
위대하려고도, 존경 받으려고도 하지 않는다네.
때론 그것조차 욕심일 수도 있고
그것을 남기기 위해 누군가에게 눈물이 될 수도 있기에..

세상에 널리 알려진다고 꼭 좋은 삶은 아니고
세상에 많이 도움이 되는 삶도 아니기에..

차라리 무명으로 살다가기에
삶을 온전히 느끼며 자유롭게 사는 것..

인간은 자유로운 존재일 때 비로소 인간다워진다.
그래서 자유로운 삶을 산다는 것만으로 충분히 좋은 삶이다.

세상의 권력과 부귀가 짜놓은 정해진 울타리 안에서..
그것이 진짜인줄, 전부인줄 알며..
그 속에서 아귀다툼으로 허우적이며 살면서도
스스로 열심히 산다고 믿는 인생이라면..
과연 그런 삶이 옳은 건가.

눈을 감고 생각해 본다.
과연 무슨 꿈을 꾸었고 무슨 일을 하고 싶었던가.
비록 지금 당장 그 꿈을 이루지는 못해도
포기하지 않고 한걸음씩 가야 하지 않는가.

당장의 현실이 어렵더라도 또 한걸음 더 가보는 것이
우리 살아감이 아니던가.
그것이 우리 살아 있는 이유가 아니던가.

허위와 위선에 속아 허상에 매달려 살기보다..
이제라도 진짜 내 삶을 찾아야지..

단 한 번이라도..
내 삶의 주인으로 진짜 내 삶을 살아야지..

그렇게 나는 내 삶을 살기로 했다.
그렇게 나는 내가 되기로 했다.

'삶'과 '삶'의 소중한 가치를 이제는 안다.
'자유'와 '자유인'의 위대한 가치를 이제서 안다.

“가고 싶은 길이 있다면.. 가봐야지..”

– 차라리 하고 싶은 것이라도 해봤더라면...

갈까 말까를 망설이기만 하다가
해 보지도 못하고 포기하지 말고
가고 싶은 곳이 있으면 가봐야지

인생의 도전이라는 것이
해도 후회 안 해도 후회라면
차라리 해보고 후회 하는 것이 낫지

할까 말까를 망설이다가
될까 말까에 주저하다가
결국 쭈뼛쭈뼛 거리며 여기까지 왔지

결국 여기에 오려고, 겨우 이만큼 하려고,
고작 이렇게 살려고 그렇게 망설이고 후회했는지
그리도 주저하고 고민했는지

번민과 망설임 끝에 못하고 안 했었건만
이렇게 제 자리를 맴돌고 있었던 것일 뿐

결국 후회만 남을 인생에
후회에 더해 아쉬움까지 함께 남았네..

이럴 바에는 하고 싶은 거라도 해봤더라면
차라리 덜 후회 됐을지도 모를 텐데

하고 싶은 거라도 했더라면
오히려 더 나았을 수도 있었을 텐데

이제 하고 싶은 것이 있을 때는 해봐야지
하고 싶은 건 하고.. 가고 싶은 곳은 가봐야지

참고 주저한들 거기서 거기고
오십보백보 차이인 것을

잘되면 얼마나 더 잘되고
성공한다면 얼마나 더 성공하고
그렇게 후회하고 망설였던 가

이제 주저하지만 말고
내 마음 가는 대로 가봐야지
갈 길이 있다면 그냥 가봐야지

일단 도전해 보고 시작해 보는 거지
후회는 남길지언정
미련은 남기지 말아야지

차라리 하고 싶은 거라도 해봤더라면..
가고 싶은 길을 가보고..
하고 싶은 일을 해봤더라면..

내 마음이 시키는 삶을 살았더라면..
오히려 후회도 미련도 덜했을 텐데

그러니 해야 할 것이 있다면
그냥 해봐야지

그렇게 가야 할 길이 있다면
그냥 가봐야지

“아직 삶의 의미를 모르더라도..”

– 어디선가 민들레 홀씨라도 되어줄 때...

삶의 의미 같은 건 몰라도 그만이다.
'왜' 그런 건지, '무엇' 때문인지를
꼭 알아야 하는 것도 아니다.

수많은 철학자들이 삶이 무엇인지에 대해 가르쳐왔다.
하지만 더 많은 사람들은 그 가르침을 모르고 살아갔다.

그렇다. 아직 사는 이유를 모르더라도..
난시 살아가면 된다.

욕심 때문이든, 부귀영화를 꿈꾸든
애국, 성취, 명예, 종교, 희망,
사랑, 연인, 부모, 자식, 행복..

그 어떤 목표가 아니라.. 마지못해..
어쩔 수 없이.. 살아갈 수밖에 없어서..
삶도.. 죽음도 마음대로 할 수 없다 해도..

그 어떤 이유 때문이라도 모두 괜찮다.
살아가는 순간만큼은 억지로라도
끝까지 살아가야 한다.

나를 믿어주는 단한사람만이라도 있다면
나보다 더 나를 믿는 그 사람을 위해서라도..

세상에 철저히 외면 받는 혼자라면..
그렇게 외로운 나를 위해서라도...
나만이라도 나를 믿어주며 살아야 한다.

세상 그 누가 뭐라고 해도..
스스로를 자책하는 마음만으로도..
혼자라고 아파하는 그것만으로도..

본인 탓으로 후회하는
감정이 있다는 것만으로도..

혼자임을 자책하고 아파하는
감성이 있다는 것만으로도..
분명 좋은 사람이었다.

그렇게 여린 사람이라면
그 누군가에게든 좋은 사람이었다.

세상에 외면 받는 사람이라면
시련의 날들을 견뎌도 달라질 것 없는
힘겨움의 연속이겠지만..

분명 아직 할 일이 있고
할 수 있는 일들은 남아 있다.

여린 마음만큼 세상에 전해줄 수 있는
작은 희망의 씨앗이 아직 남아 있기에

그런 당신에게서 고마움을 느끼고
그런 당신의 소중함을 기억할 사람들 역시도
아직 여전히 여기 이곳에 함께 있기에..

스스로를 설득해야 한다.
나는 분명 좋은 사람이라고..
아직 할 수 있는 일은 있다고..

그러면 누군가 응답할 것이다.
그래도 당신은 참 좋은 사람이라고..
그래도 당신은 참 고마운 사람이라고..

당신만이 할 수 있는 그 소중한 가치를
단지 아직 모를 수 있는 거라고..

그러기에 그 의미를 보여줘야 한다고..
당신의 의미는 여전히 소중하다고..

아직 모두 이루어 지지 않았다는 것만으로도
삶의 날들은 소중히 남아 있는 것이다.

그래서 삶은 위대한 것이다.
그렇게라도 믿어야 한다.

단지 바람처럼 스쳐가는 것이 인생이라지만..
어디선가 민들레 홀씨라도 되어줄 때..
무의미한 세상의 날들이 의미로 남겨지듯이..

"이런 나를 사랑하도록 한다.."

– 세상 끝까지 나의 편에 설 수 있는 사람은...

많은 사람들이 나보다 능력 있고 똑똑하다.
또 나보다 많이 배우고.. 나보다 냉철하고..
나보다 빠르고.. 나보다 높이 있다.

그러나 나는 남들보다 여러 모로 부족한 나를
사랑하도록 한다.

능력 부족하고.. 계산 느리고.. 마음 약하고..
순진하고.. 덜 냉철하고.. 덜 배웠지만..
이런 나를 사랑하도록 한다.

바로 그런 부족한 사람이기에..
져줄 수 있고.. 속아줄 수 있고..
상처 받고도 속없는 사람처럼 웃을 수 있고..

철없는 사람으로.. 셈이 느린 사람으로..

손해 보고도 그냥 받아들이고 살 수 있기에..

그냥 그런 것이 나라며..
덤덤하게 받아들일 수 있기에..

세상 누군가는 이익을 보며 웃을 수 있고..
즐거울 수 있음을 알기에..

이렇게 내려놓고 사는 사람들이 있기에..
세상이 그나마 덜 치열하고..

누군가 속없는 푼수로 살아야
또 누군가는 냉철함을 발휘할 수 있기에..

돌아서서 홀로 눈물 흘리더라도..
슬픈 역할을 내 몫으로 받아들인다.

그래서 그런 역할을 할 수 있는..
나 역시도 필요한 사람.. 괜찮은 사람이라고 믿으며..
나는 나를 사랑하도록 한다.

이렇게 나만이 할 수 있는 역할이 있기에..
부족한 나만이.. 여린 가슴의 나만이..
아픔을 견딜 수 있는 나 자신만이..

사람들에게 위로가 될 수 있고.. 나눠줄 수 있고..
환히 웃을 수 있는.. 무언가가 나에게만 있다고 믿기에..

비록 부족한 나 자신이지만..
나는 나를 사랑하도록 한다.

세상 끝까지 나의 편에 설 수 있는 사람은..
오직 나 자신뿐이기에... 더더욱..
나를 사랑하도록 한다.

이렇게 나는 나를 사랑하도록 한다.
그래도 사랑하도록 한다.

“나만이 가진 '쓸모없음'의 '쓸모'에 대해..”

– 나만이 하는 거고.. 나니까 할 수 있다는 믿음으로...

그동안 나는 나를 사랑하지 못했다.

내가 나를 사랑하기까지는 수십 년의 시간이 걸렸다.

내가 가진 운명을 원망했고..

왜 나만 이렇게 사느냐는 자책과 불만의 세월을 보냈다.

내가 운명을 받아들이는 세월은..

비록 부족하고 못난 나의 인생일지라도..

그래도 소중하고 괜찮은 삶이라는 것을 알아가는 과정이었다.

남들이 보면 별 것 아닌 작은 행복에서..

왈칵 눈물이 쏟아지는 순간을 겪으며..

내 삶의 소중함을 알기 시작 했고..

힘든 일들은.. 단지 힘겨움만이 아니라..

결국은 나를 찾아가는 과정이었음을 알게 되었다.

오래도록 함께했던 불행은 늘 지극히 고통스러웠지만..
그런 시간들은 또 역시 내가 나를 만나고..
내가 나를 이해해 가는 순간이었다.

그 어떤 불행과 실패 속에..
이런 순간에 나는 이런 모습일 수 있고..
이렇게 받아들이고.. 이렇게 견뎌내며..
이렇게 울게 되는 사람이라는 것을 알게 되었다.

그래도 인생은 끝내 포기하지 않고 가야 되는..
참 힘들고 어려운 일이라는 것을 이미 알고 있기에..
힘들어도 참고 사는 것..

그렇기에 큰 성공 대신 평범한 행복을 찾고..
그것으로 만족한다는 것을.. 이제는 알고 있기에..

그 힘겨운 삶의 날들을 참고 견디며..
지금까지 살아남았다는 것만으로도 대견한 일이라고..
그것으로.. 나라는 사람은 괜찮은 사람이라고..

그렇게 쉽게 포기 하지 않았음으로..

비록 쓸모없는 능력만을 가진 사람이지만..
쓸모없지만은 않은 사람이라는 것을.. 알게 되었다.

드러나 보여 지는 성공만이 삶의 모든 모습이 아님을..
그때서야 비로소 알게 되었다.

세상은 얼마나 넓고.. 얼마나 많은 일들이 벌어지며..
얼마나 다양한 능력자, 빛나는 사람들이 많은가..
그러나 그런 돋보이는 역할들은 모두에게 주어지지 않는다.

더 큰 일을 할 만한 재능과 환경이 뒷받침 되지 못하면..
그냥 이 만큼.. 고작 이 정도만큼만 하는 것이 세상사..

하지만 그래도 내 삶이 특별할 수 있다는 것은..
내가 내 자신이.. 끝내 견뎌냈음을 스스로 인정했을 때..
나 자신에게만큼은 성공한 삶이라는 것을 알게 되었다.

져줌으로써 누군가의 승리가 행복할 수 있음을 알았기에..
비움으로써 누군가의 채워짐이 특별할 수 있음을 알았기에..

가벼움으로써 누군가의 무거움이 돋보일 수 있음을 알았기에..

부족함으로써 누군가의 풍족함이 대단할 수 있음을 알았기에..
손잡음으로써 누군가의 외로움이 덜어질 수 있음을 알았기에..

져줌도.. 비움도.. 가벼움도.. 부족함도.. 손잡음도..
나름대로의 소중한 의미를 가질 수 있음을 알았기에..

그래, 차라리 내가 더 아프고.. 더 상처받음으로..
내가 먼저 양보하고.. 내가 먼저 손 내미는 일조차도..
나만이 할 수 있고.. 나만이 하는 거고..
나니까 할 수 있다 다독이며..

능력 부족하고.. 계산 느리고.. 마음 약하고..
덜 냉정하고.. 덜 배웠고.. 덜 성공했지만..

져줄 수 있고.. 속아줄 수 있고..
상처 받고도 속없는 사람처럼 웃을 수 있고..
철없는 사람으로.. 셈이 느린 사람으로..
손해 보고도 그냥 받아들이고 살 수 있기에..

그래서 그런 역할을 할 수 있는..
나 역시도 필요한 사람..

나 역시도 괜찮은 사람이라고 믿으며..

나만이 할 수 있고.. 나만이 하는 거고..
나니까 할 수 있다 다독이며..

비록 부족할지라도 나름 쓸모 있는 사람이라고..
그 '쓸모없음'의 '쓸모'를 가진 사람이라고..

그냥 그런 것이 나라며.. 덤덤하게 받아들일 수 있기에..
나만이 가진 "쓸모없음"이 나의 "쓸모"라고 믿으며..
이제는 그런 나를 안아주도록 한다.

"이미 할 만큼 했다.."

– 그러니 이제는 가고 싶은 길을 가도 된다...

이제 할 만큼 했다.

이미 삶의 몫만큼 충분히 했다.

그렇기에 여기서 더 해야 한다는

부담은 안 가져도 된다.

세상 속을 살아가기에

내 가정, 이 사회, 이 나라를 위해서도

반드시 해야 할 책임을 묵묵히 다했고

누구나 태어나면 운명처럼 부여 받는

삶의 몫도 해야 할 만큼은 했다.

비록 최고나 최대는 아니었지만

가진 능력에서 할 수 있는 최선이었다.

때로는 무거운 책임감으로 하루도 쉬지 않고 일했고

때로는 삶의 무게를 견디며 밤 세워 일했다.

가난한 이웃을 외면하지 않았고
어렵고 힘겨운 사람의 손을 잡아주었다.

불행한 일을 당한 사람들을 돕거나
나 보다 더 외로운 사람을 위로 했다.

더 올바르고 정의로운 사람 편에 서주었고
엄혹한 시대에는 차가운 거리에서 불의에 맞섰다.

비록 잘못한 일도 부끄러운 일도 있었지만..
그래도 가장으로도 사회인으로도 국민으로도
한 사람으로도 해야 할 몫만큼은 분명 다했다.

아무도 알아주지 않고 외로워질 것을 알면서도
이미 결과가 뻔히 보이기에 손해가 분명하지만

그 시련과 힘겨움을 스스로 감수하면서도
도리어 괜한 오해나 받으면서도 할 만큼 했다.

그래, 그만큼 했으면 할 만큼 한 거다.
더 해야 한다는 것도 집착이고 미련일 수 있다.

지금까지 늘 그렇게 책임 있게 살아왔기에
아직도 그런 책임감이 그대로 남아 있어
자꾸 뭔가를 더 해야 한다고 생각하는 거다.

그러나 지금까지 한 것으로도
이미 해야 할 것들은 다했으니
그저 내려놓고 지켜봐 줘도 되는 거고
그냥 세상에 맡겨 놓아도 되는 거다.

굳이 더하지 않아도 세상은 또 돌아간다.
그래서 지금보다 좀 덜 하더라도
할 수 있는 것만 하면 되고
할 수 있는 것까지 만 하면 된다.

더 해야 한다고 부담 갖지 말고
억지로 하려고 애쓰지도 말며
자연스럽게 하는 만큼만 하면 된다.

내려 놓아야할 때 내려놓는 것도
그만 할 때 그만 하는 것도 삶의 지혜다.

그러니 이제는 가야 할 길을 가기 보다는
가고 싶은 길을 가면 된다.

마음 가는대로 가고 싶지만
결과를 두려워해 피하거나 참지는 말자.

이미 꼭 해야 할 일은 다했기에
반드시 성공해야 한다는 부담도 없고
실패에 대한 걱정도 덜어진 것이다.

이미 열매를 맺은 대지위에
다시 이모작을 하는 것이기에
굳이 결실에 연연할 필요는 없다.

다시 하겠다는 것이 중요한 거다.
다시 할 수 있고 다시 하는 것이 좋은 거다.
이미 할 만큼 했으니까..
이제는 가고 싶은 길을 가도 된다.
이제는 그래도 된다.

“인생의 행복이란..”

– 삶을 아름답다 느끼게 해주고.. 감사하게 만드는 것...

새 아침을 시작하는 연둣빛 숲처럼
물안개가 피어오르는 신비의 강처럼

새봄 여린 가지에 내리는 햇살처럼
한여름을 씻어 내리는 소나기처럼

새벽 호수를 펄떡이는 물고기처럼
냇가에 한가로이 노니는 잠자리처럼

겨울밤 함박눈으로 내리는 첫눈처럼
흰 눈 뒤덮인 들판의 순백의 눈밭처럼

아이를 바라보는 엄마의 눈길처럼
첫사랑을 시작한 연인의 설레임처럼

첫 소절만 듣고도 가슴 먹먹해지는 음악처럼
한 구절만 읽어도 마음 잠겨드는 시처럼

평화로운 일요일 아침에 울리는 종소리처럼
처음 손을 잡고 수줍게 걸을 때의 느낌처럼

해바라기 아래에 졸고 있는 강아지처럼
봄 햇살에 졸고 있는 병아리의 나른함처럼

삶은 아름답고 살아있음이 감사하다고
느끼게 해 준 소소한 행복의 느낌이란
바로 그런 것들이었다.

그 어떤 대단한 것들 보다는
그렇게 잔잔하고 평화로운 것들이었다.

사랑의 행복이란 것 역시도
그 어떤 특별한 것들이 아니라

삶을 아름답다 느끼게 해주고..
살아있음을 감사하게 만드는 것..

바로 그런 소박한 행복이었다.

그래서 삶의 사랑하는 날들은
모두 살아있음을 느끼는 행복이었다.

"아직도 그때처럼 걷고 싶다는 건.."

– 차마 떠나보내지 못하는 세월이 있다는 것...

1.

10월의 마지막 밤이
아직도 쓸쓸하다 느껴지는 건
인생은 떠나감이란 것을
이제는 알기 때문이지

10월의 마지막 밤이
여전히 그리움으로 떠오르는 건
떠나가는 것임을 알면서도
아직 보고픈 사람이 있기 때문이지

10월의 마지막 밤이
그래도 아름다움으로 남겨지는 건
함께하고 싶은 사람이 있기 때문이지

10월의 마지막 밤이
또 다시 걷고 싶어지는 날인 건

단지 가을이기 때문이 아니라

다시 돌아오지 않을 마지막 밤이지만
함께 걷고 있는 이 순간만큼은
오래도록 기억됨을 알기 때문이지

2.
10월의 마지막 밤에
누군가를 그리워 한다는 건

떠나보내지 못하는 추억이
지우지 못할 기억으로 남아

아직도 그 사람을
그리워하고 있는 거지

떠나보내지 못하는 가을처럼
마지막까지 붙잡고 있는 거지

그래서 또 그렇게..
10월의 마지막 밤을 걷는 거지..

그때처럼 그렇게 걷는 거지..

3.

아직도 기억하는 그 밤이 있다는 건
아직도 가을이면 그때처럼 걷고 싶다는 건

차마 떠나보내지 못하는 세월이 있다는 것
끝내 흘려보내지 못하는 세월이 남았다는 것

세월은 무엇 하나 남기지 않고
이미 저 뒤로 떠나갔건만

지난 세월을 떠나보내지 못하고
나만 홀로 뒤돌아보며

아직 그때 그 곳에 머무르며
미련으로 서성이고 있는 거지..

그래서 또 그렇게 그때처럼..
나 혼자 걷는 거지..

“다시 시작하는 오늘”

– 어찌 다시 시작하지 않을 수 있겠는가..

기다리고 있는 내일이 있는데..

어찌 다시 시작하지 않을 수 있겠는가..

아직 내일은 여전히 희망으로 나를 기다리고 있기에..

나는 오늘 다시 시작해야 한다.

오늘을 포기하지 않는다면..

내일은 영원히 나를 기다리고 있기에..

비록 지금 내 자신이 부족해도..

아직 내일이 남았다는 것만으로도..

분명 내 인생에..

해야 할 일이 남아 있다는 것이고..

해낼 수 있는 일이 남아 있다는 것이기에..

다시 시작하는 오늘..
내 삶에 대한 굳은 믿음으로..

아직 희망은 남아 있다는 더 큰 용기로..
빛나는 내일을 향해 새로이 길을 나선다.

이렇게.. 믿어주고.. 기다려주는..
소중한 내일이 나와 함께 하는데..

어찌 다시 시작하지 않을 수 있겠는가..
어찌 다시 시작하지 않겠는가..

그래 괜찮다.. 다시 시작해 보자.
아직 다시 시작해도 된다.

그렇게 다시 시작하는 거다.
오늘 다시 시작하는 거다.

내일이 있기에
또 다시 시작하는 거다.

삶,
나와 함께
혼자 걷기

"단지 묵묵히 걸을 뿐.."

– 그것이 나에게 가장 어울리는 것임을 알기에...

"단지 묵묵히 걸을 뿐.."

– 그것이 나에게 가장 어울리는 것임을 알기에...

그래, 그냥.. 그런 거다.
내 맘처럼 안 된다고 해도 그냥 그런 거다.
억지로 때 쓴다고 바뀔 것도 아니잖아..

원한만큼 안 이루어져도 그냥 그런 거다.
그렇게 매달린다고 해결될 것도 아니잖아..

하고 싶은 것과 달라도 그냥 그런 거다.
세상이 마음만큼 다 잘 되는 것도 아니잖아..

그래서.. 웃으며 견뎌 가는 거야...
오늘도 웃는 거고 나를 위해 웃는 거다.

그래도 그렇게 하니 덜 힘든 거야..
그래야 그렇게 해서 힘 내는 거다.

그것이 나에게 가장 맞는 길임을 알기에..
결국 그것이 내가 가야 하는 길이기에..

그러니 단지 묵묵히 걸을 뿐..
한 걸음.. 한 걸음.. 뚜벅 뚜벅..

그래도 그렇게 나에게 맞는 길을 걸었을 때..
그나마 가장 나다운 삶의 길임을 알기에..

나와 함께.. 뚜벅.. 뚜벅..
나에게로.. 뚜벅.. 뚜벅..

그것이 바로 나의 길이기에..
단지 묵묵히 걷고 있을 뿐..

오늘도.. 뚜벅.. 뚜벅..
내일 역시.. 뚜벅.. 뚜벅..

“그래도 나만은 나의 진심을 알고 있잖아..”

– 그래도 나만은 여리고 착한 내 편이잖아...

지나고 보니 그것도 모두 집착이었다.
지나고 보니 그것도 모두 미련이었다.

겨우 이만큼 올 것을.. 그저 여기까지 오려고..
그렇게 숨 막히고.. 답답하고.. 억울하고..
화내고.. 싸우고.. 부딪치고.. 욕심내며 살아 온 것이다.

그래봐야.. 사는 게 고만고만큼의 차이고..
후회하고 아쉬워하다마는 건데.. 겨우 그런 건데...

괜한 오해를 받아 억울해도 그냥 그런 거다.
화낸다고.. 싸운다고 풀리는 것도 아니잖아..

언제나 손해만 보는 여린 내 마음을..
남들이 몰라줘 답답하고 서러워도 그냥 그런 거다.
그래도 끝까지 아무도 몰라주는 것도 아니잖아..

그러니.. 너무 집착하지 말고.. 미련 갖지 말고..
너무 억지 부리지 말고.. 매달리지 말고..

좀 더 마음 편하게 내려놓고 비우며 살고..
좀 더 흘려보내며 잊으며 사는 것이 결국은 더 나은 거다.

차라리 그것이 덜 힘들고.. 덜 아프고..
덜 괴로워하며 사는 거다.

그래야 그나마 덜 욕먹고.. 덜 못된 짓 하며..
조금이라도 좋은 사람으로 사는 거다.

그래서 그냥 그렇게.. 이해하며 사는 거고..
흘러 보내며 사는 거다.

차라리 그것이 더 나은 거야..
그나마 그것이 더 좋은 거다.

그래 어렵더라도 미움도 내려 놓고..
그래 힘들더라도 원망도 접어 두고..

그냥 조금이라도 안아주면 되지..
그냥 조금이라도 덜어주면 되지..

그래도 나만은 나의 진심을 알고 있잖아..
그래도 나만은 여리고 착한 내 편이잖아..

“지금 여기.. 내가 존재하는 이유..”

– 그래서 살아가는 이유가 될 수 있는 일...

농부는 폭우에 거둘 농작물이 모두 떨어져도..
다시 밭으로 나가 밭고랑을 일구고..

어부는 고기잡이를 허탕치고 빈 배로 귀항해도..
다시 출항 준비로 그물을 손질하고..

장사꾼은 손님이 없어 빈손으로 가게 문을 닫았어도..
다시 가게 문을 열고 손님 맞을 채비를 하며..

직장인은 상사에게 억울한 질책을 받아도..
다시 출근해 속울음을 삼키며 업무 보고를 한다.

그렇듯..
작가 역시도 인정해주는 독자가 없어도..
다시 마음을 가다듬고 새로운 글을 써야 한다.

단지.. 더 인정받고 알아주기를 걱정하기 보다는..
설령.. 수확이 안 좋고, 장사가 안 된다고 해도..
부실한 과실을.. 부패한 생선을.. 부패한 상품을..
시장에 내놓으면 안 되듯..
부실한 글을 세상에 내놓았는지를 걱정하면 된다.

그래서 우리 살아감은..
아무리 힘든 오늘 일지라도..
오늘은 다시 내일을 준비하는 오늘이여야 한다.

또 그래서 우리 살아감은..
단지 부끄럽지 않고 비겁하지 않게..
내 삶을 회피 하지 않는 내가 되면 된다..
그런 사람이 되면 되고.. 그렇게 살아가면 된다.

단지 살아 있기 때문에 할 수 있는 일..
그래서 가장 힘들고 어려운 순간에도 할 수 있고..
그것이 살아가는 이유가 될 수 있는 일..

그래서... 살아있음 그것 자체만으로도..
우리 살아가는 이유가 될 수 있기에..

내 삶의 몫을 묵묵히 해나가야 하는 것이..
우리 살아가는 운명이고.. 숙명이다.

그것이 지금 여기..
바로 내가 존재하는 이유다.

“그러면 된 거야.. 그것만으로도 잘한 거야..”

– 인생이란 것이 그런 거야.. 그렇게 버텨가는 거야..

삶의 힘겨움을 미래와 희망으로 버텨가고..
삶의 외로움을 사랑과 비움으로 버텨가고..
삶의 무거움을 사명과 책임으로 버텨가고..
삶의 고독함을 성찰과 안음으로 버텨가고..

그렇게 버티고 버텨내다보면..
어느덧 저만치 내가 나로 서 있는 거야..

삶의 유혹과 갈등을 진리로 버텨가고..
삶의 곤궁함을 성인들의 가르침으로 버텨가고..

그렇게 살아감으로 버티고 버티다보면..
나도 이미 이만큼 살았고..

또 그 속에서 뭔가를 이루었으면 된 거라고..
단지 그러면 된 거라고..

그렇게 스스로를 안아주고 쓰다듬으며..
살아내면 된 거야...

대지 위의 저 나무가.. 여름의 불같은 뜨거움을..
조금만 더 견디면.. 가을이 온다는 희망으로 버티듯..

겨울의 매서운 얼음바람을..
봄이 다가오고 있다는 믿음으로..
포기하지 않고 제자리를 지키며 버텨내고 있는 거야..

버티고 견디다 보면.. 운 좋게.. 거목도 되는 거고..
작은 꽃들을 지켜주는 고마운 나무가 되기도 하고..

튼튼한 가지에 그네를 걸고
누군가에게 휴식이나 즐거움이 되기도 하고..

햇볕 뜨거운 날 누군가에게 그늘이 되어 주며..
인생을 살아가는 거야..

그렇게 버텨냄으로써 나에게 기대어 사는..
작은 새들과 착한 벌레와 고운 풀꽃들에게..

바람막이가 되고.. 나뭇잎 우산이 되어..
휴식이 되고.. 위로가 되어 주는 거야..

그냥 속절없이 저 하늘 구름 보며..
내 혼자의 삶을 만끽해도 되는 것이니..

그러니 걱정 투성이 힘든 세상살이지만..
희망조차 보이지 않는 현실 일지라도 버텨내는 거야..

그러다보면 어느새 나도 모르게..
그 버팀 속에서 그 어떤 열매를 맺을 수도 있고..
나만의 인생이 되어 가는 거야..

그러니 많이 이루지 못했다고 서운해 하지 말고..
더 많이 가지지 못했다고 아파하지 말고..
더 높이.. 더 넓게.. 뻗지 못했다고 서글퍼 말고..

잡으려 해도 잡히지 않는 것을.. 어찌 하겠는가..
매달려도 붙잡히지 않는 것을 억지로 매달린들 무엇 하겠는가..

그래서 절망하지 않고..

그냥 그렇게 한 세상 살다 가는 거야..
그렇게 바람의 노래를 들으며..
구름 벗 삼아.. 달빛 벗 삼아..

그때그때.. 그날그날.. 그 행복.. 그 추억으로..
하루하루.. 오늘오늘..
그 마음으로 그렇게 살다 가는 거야..

그냥 나는 이만큼만 이렇게 살아남은 거야..
그냥 이렇게 살아가는 거야..

그래서 언젠가 홀로서도 외롭지 않은 나무로..
그렇게 살아가는 것뿐이야..

별거 없는 거야.. 그냥 그렇게 사는 거야..
새들이 와서 함께 지저귀며 놀아주면 고마운 거고..
그 속에서 알찬 열매를 맺으면 더 더욱 고마운 거야..
그리고 그 열매를 누군가에게 나눠줄 수 있으면..
내 살았음을 감사할 수 있는 거고.. 나는 내가 된 거야..

그래서 우리 살아감은..

외롭지만 외롭지만은 않고..
쓸쓸하지만 쓸쓸하지만은 않고..

허무하지만 허무하지만은 않고..
실패한 것 같지만 실패하지만은 않고,,

사라져 버리지만 사라지지만은 않고..
놓아버리지만 놓아버린 것만은 아닌..

한 사람으로.. 한 인생을 살다 가는 거야..
'나'로서 살아가는 거야..

지금껏 그렇게 견뎌냈듯.. 그렇게 견뎌가는 거야..
그냥 그러면 된 거야.. 그것만으로도 잘한 거야..

그것만으로도 대단한 거야..
인생이란 것이 그런 거야..
그렇게 버텨가는 거야..

“모두가 아는 인생의 비밀..”

– 하지만 대부분 잊고 사는 인생의 비밀...

누구나 알게 되는 비밀이 있지
해와 달이 아무런 이유 없이 뜨고 지듯이
아무리 고운 꽃도 언젠가 져버린다는 것을

우리 삶의 날들도
매일매일 줄어들고 있다는 것을
그 누구든 떠나게 된다는 것을

그렇지만 우리는 잊고 지내지
아니, 일부러 잊고 지내려 하기도 하지

결국 모두 다 떠나가건만
영원히 살 것처럼 넘쳐나는 욕심에 집착하지

다 쓰지도 못할 것들을 채우려고만 하다가
어이없이, 준비 없이 떠나가게 되지

오늘도 무엇을 위해 살고 있는 가
지금까지 이루기 위해 달려 왔지만..
어차피 두고 가야할 것들이기에..

그래도 조금 더 남겨지고 기억 되는 건
더 가졌다는 것 보다는 더 나누어주었다는 것

더 높이 올랐다는 것 보다는 더 베풀었다는 것
더 이루었다는 것 보다는 더 사랑 했었다는 것

그렇기에 우리 인생의 완성은
떠나갈 때 비로소 더 큰 결실로 나타나는 것

이제라도 그 어떤 삶도 떠나감을 기억하고
더 많이 갖고 더 높이 오르고픈 마음만큼..
그나마 덜 아쉽고 덜 후회되는 삶을 위해..

좀 더 함께.. 좀 더 나누고.. 좀 더 사랑하며 살아야지..
이것이 모두가 아는 인생의 비밀..
그러나 대부분 잊고 사는 인생의 비밀..

"자유로울 수 있는 자유.."

– 세상에 멀어질지라도 그 삶은 더 자유로운 삶이기에...

오늘의 결과에 연연하지 않을 자유
내일의 불안에 걱정하지 않을 자유

소신처럼 내 선택대로 할 수 있는 자유
가고 싶지 않을 때면 가지 않는 자유
가고 싶을 때면 그냥 갈 수 있는 자유

스스로 혼자될 수 있는 자유
사람들의 편견을 겁내지 않을 자유
남들의 속단을 두려워하지 않을 자유

마음껏 울 수도 되는 자유
속 편안히 웃을 수도 있는 자유
흐트러지고 싶을 때는 흐트러지고
흐트러진 모습조차 보여줄 수 있는 자유

내 마음대로 슬퍼할 수 있고
내 생각으로 용서할 수 있고
내 기준으로 거부할 수 있고

그렇게 내가 솔직함대로 할 수 있는 자유
선택의 결과에 대해 미련을 갖지도
그 어떤 결과를 부러워하지도 않는 자유

세상의 허위와 위선을 무시할 수 있는 자유
권세에도 매달리지도 휘둘리지도 않을 자유
명함으로 내세우는 권위가 별것 아님을 아는 자유

눈치 보지 않고 당당한 나로 살아갈 자유
세상에 버려짐을 두려워하지 않는 자유

참을 수 없는 외로움을 즐기며
고독해도 괜찮다고 홀로 걸으며
느낌대로 흔들릴 때도 있고
운명대로 흘러갈 수도 있는 자유

그래서 온전히 마음 가는대로 살아가도 되는 자유

그렇게 나는 나로 살아갈 수 있는 자유

그런 자유로 인해 세상에 멀어질지라도
그 삶은 더 자유로운 삶이기에

후회하지 않는 삶이라고.. 살아볼만한 삶이라고..
그래도 괜찮다고 말할 수 있는 것이 진정한 자유

그렇게 자유를 꿈꾸는 사람은 세상에서 멀어진다.
그렇게 자유인은 자유롭지 않은 자유인이 된다.

자유로울 수 있는 자유만큼 자유로워지지만
자유로운 것만큼 고독한 것이 인생이기에..

비록 그런 자유롭지 않은 자유인이지만
그래도 좀 더 자유로운 살아갈 때
나는 진정 나의 내가 된다.

그래서 자유로운 '나'는
비록 세상에 멀어질 수 있을지라도..

나에게는 가장 가까이 있는 나이기에..
이런 자유로운 '나'도 내 소중한 '나'다.

자유로울 수 있는 자유..를 누리며 사는
나의 소중한 '나'다.

"나를 위한 대화.."

– 나를 알게 되고 나를 만들게 되는 나만의 대화...

혼자서도 할 수 있는 대화
오히려 혼자라서 해야 하는 대화

혼자이기에 더 솔직할 수 있는 대화
그 어떤 말을 해도 모두 이해되는 대화

가장 솔직하고 서슴없이 충고해주고
사실 그대로의 문제를 지적해줄 수 있는 대화

나는 나 자신을 속이기 힘들기에
혼자보다 더 진실한 대화는 없다

아무것도 거릴 것 없고
그 무엇도 주저할 것도 없는 혼자만의 대화

그 어떤 상황이든 그 어느 때이든

나의 편에서 함께해주고
진심으로 나의 입장을 이해해주기에
가장 큰 위로가 되어주는 혼자와의 대화

나와의 대화야 끝나야 다른 누군가와
새로운 대화를 할 수 있다

그래서 대화할 수 있는 나를 만들어주는
나 자신과의 혼자만의 대화

세상 속에 혼자되었을 때
사람은 가장 솔직할 수 있기에

세상에 외면 받아도 끝내 위로받고
인정받을 수 있는 유일한 대화이기에
내 삶에서 가장 소중한 대화

다른 사람과 대화가 끝난 후 다시 돌아와도
독백 같은 내 이야기를 들어줄 수 있는 홀로 대화

그 누구와의 대화에서도 나눌 수 없는

가장 진실한 대화를 나눌 수 있기에

혼자 보다 더 소중한 대화는 없다.
혼자 보다 더 진실한 만남은 없다.
그래서 때론 혼자가 되어야 한다.

혼자 대화로 나는 나를 만나고
나를 알게 되고 나를 만들게 된다.

“그냥 흘려보낸다..”

– 흘려보내기에.. 나는 원래의 나로 살아가게 될 것이다...

사람 속에 사는 것이..
어찌 서운하고 서럽지 않겠느냐..

세상 속에 사는 것이..
어찌 고단하고 외롭지 않겠느냐..

그래도 그냥 흘려보낸다.

원래 내 속에 있던 것도 아니고..
나에게서 나온 것도 아니기에..
그냥 흘려보낸다.

남에게서 여기로 오고..
원래 내 것이 아니었던 것이기에..
다른 곳에서 이리로 흘러온 것이기에..
그냥 흘려보낸다.

서운함.. 서러움.. 고단함.. 외로움..
굳이 내 마음의 연못 속에 쌓아둔들..
결국 서서히 썩어 연못물만 흐려질 뿐..

내 마음만 흐려지고 탁해질 뿐..
내 마음만 아파지고 괴로워질 뿐..

흘려보내지 못하고 계속 가두어두니..
더 서운하고.. 더 서럽고.. 더 괴로운 거지..

저 강물 따라 흘려보내면..
그냥 그렇게 잊어 지는 거지..

그러니 아무도 모르게..
그냥 나 혼자 그렇게 흘려보낸다.

그렇게 흘려보내기에..
원래 내 마음을 지킬 수 있는 거고..
세상에게서 내 모습이 지켜지는 것..

어차피 흘려보낼 건 흘려보내는 것이..

사는 것 아니더냐..

세상 속에 흘려보내고..
세월 속에 흘려보내며 사는 것이..
인생 아니더냐..

"그저 담담히 걸었지.."

– 그저 천천히 걸었을 뿐인데...

단지 담담히 걸었을 뿐인데..
저 멀리 서성이던 것들이 어느새 다가와 손 내 밀었지..

단지 좀 더 천천히 걸었을 뿐인데..
숨 막히는 날들은 가고 편안함이 찾아왔지..
분노와 원망의 날들은 사라지고 잔잔해졌지..

그냥 좀 더 느리게 걸었을 뿐인데..
필요한 건 줄 알았넌 것이 굳이 필요하지 않고..
꼭 있어야 된다고 했던 것들이 없어도 그만이고..
그리도 갖고 싶은 것들도 갖고 싶지가 않아졌지..

그전 보다 세상속의 나는 작아 졌지만..
내 마음만은 더 커지고 여유로워졌지..

결국 그 전보다 줄었지만 늘어난 거지..

그래서 갖지 않아도 가질 수 있음을..

내려놓아도 오히려 넉넉해 질 수 있음을..
없어도.. 비워도.. 더 이상 허전하지 않음을..

그렇게 단지 담담히 걸었기에..
굳이 집착 않아도 되는 것들로부터 편안해졌지..

그렇게 그저 천천히 걸었기에..
굳이 갖지 않아도 되는 것들로부터 편안해졌지..

남들의 이목에서 부담을 내려놓게 되었지..
나만의 생각을 지킬 수 있게 되었고..
이런 내 자신이 부끄럽지 않게 되었지..

이런 나를 미워하지 않고..
이런 내가 괜찮아 졌지,,

이런 내 자신이 당당해지고..
이런 나를 믿게 되었지..

그렇게 나는 자유가 되었지..
세상의 기준으로부터 자유로워지고..
쓸모없는 것들로부터 자유로워졌고..
나를 기대하는 나에게로부터 자유로워졌지..

그저 담담히 걷는 것만으로도..
그저 천천히 걷는 것만으로도..
내 삶은 더 자유롭고 여유롭게 되었지..

그렇게 나는 좀 더 자유로워졌지..
그렇게 나는 좀 더 행복해졌지..

단지 담담히 걸었을 뿐인데...
그저 천천히 걸었을 뿐인데...

“그 길을 걸을 때는 모르겠지만...”

– 내가 가는 이 길이 새 길이 되어.. 누군가도 이 길을...

긴 밤을 헤매는 동안에는
그 누구도 자신이 새벽에 가까워서야 떠오르는
빛나는 샛별이 될 줄은 모른다.

가시 넝쿨 속을 헤매 일 때는
그 누구도 자신이 장미꽃밭 속에서도 돋보이는
화려한 호랑나비가 될 줄은 모른다.

세찬 소나기를 맞는 동안에는
그 누구도 자신이 가을이 다가 와서야 활짝 피는
해맑은 해바라기 꽃인 줄은 모른다.

찬 서리를 견디는 동안에는
그 누구도 자신이 함박눈에서도 푸르름이 아름다운
고귀한 낙락장송이 될 줄은 모른다.

거친 황톳길을 나 홀로 걸을 때는
그 누구도 자신이 소금처럼 흘린 외로움의 눈물이
시가 되고 노래가 되고 갈 길이 되어
또 다른 누군가에게 위로가 될 줄은 모른다.

긴 밤 외로움을 견디는 등대처럼
그 쓸쓸한 고독의 시간들이
어둠의 바다를 헤매는 밤배들을 지켜 주듯.. ..

칠 흙 같은 어둠을 은은히 밝혀주면서도
사람들의 소원을 조용히 들어주는 저 보름달처럼..
그런 다정한 위로와 고마운 힘이 되어줄지도 모른다.

그 길을 걸을 때는 모르겠지만...
지금 걷고 있는 그 외롭고 힘든 여정이..
그 누군가에게는 가슴을 울리는 감동이 되고..
가슴에 새겨지는 희망이 될 것임을 자신만 모른다.

그래서 먼 길을 홀로 걷는다고..
긴 밤을 혼자 견딘다고.. 너무 서러워하지 말자..

서러워하더라도 눈물 흘리지 말자..
눈물 흘리더라도 포기하지는 말자..

그 외롭고 힘겨운 시간들이..
나만의 나의 길을 만들고..

내가 가는 그 길이 새 길이 되어..
세상 누군가도 나의 길을 걷게 되는 것임을..

그 길을 걸을 때는 모르겠지만...
그 길을 걸을 때는 아직 모르겠지만...

"저 별이 너에게 말해줄 거야.."

– 그 누군가에게 희망의 별로 다가가게 되는 거라고...

"저 별이 너에게 말해줄 거야.."

– 그 누군가에게 희망의 별로 다가가게 되는 거라고..

네가 혼자 걸을 때면 말해줄 거야
그때 비로소 말해줄 거야

상처 받은 그 마음을
저기 저 산이 안아 줄 거라고

못 다한 그 이야기를
저기 저 바다가 들어줄 거라고

그립고 보고픈 외로움을
저기 저 달이 보듬어 줄 거라고

조용히 흐르는 그 눈물을
저기 저 바람이 쓰다듬어 줄 거라고

오늘도 지친 그 하루를

저기 저 구름이 쉬어주게 할거라고

그렇게.. 그렇게.. 사는 거라고
그렇게.. 그렇게.. 견뎌가는 거라고

그렇지만 어느 새벽 깊은 날에는
별도 나 혼자 쓸쓸히 외롭게 뜬다고
깊디깊은 그 밤을 나 혼자 지샌다고

깊은 밤을 홀로 뜨는 별로 지켜도
그 누구도 봐주지 않을 때가 있다고

그래서 혼자 걷고 있는 그 사람을
혼자 쓸쓸히 걷고 있는 그 마음을
이미 알고 있었다고..

그렇기에 혼자 걷고 있는 너와 함께
똑같이 느끼고 있다고 말해 줄 거야

혼자 걷는 그 마음처럼
묵묵히 밤을 걷고 있다고 말해 줄 거야

그러다가 어느 순간
그 누군가에게 희망의 별로
다가가고 남겨지게 되는 거라고

그래서 혼자지만 괜찮은 거야
그렇기에 혼자라도 외롭지 않은 거야
그러하니 혼자라도 혼자가 아닌 거야

그렇게 너에게 말해줄 거야
저기 저 별이 말해줄 거야

착한 네가 혼자 걸을 때면..
나지막이 말해줄 거야..

“여전히 별을 따는 소년”

– 그저 하늘에 별들이 여전히 빛나고 있으니까..

저 하늘 끝에 별이 있다고 믿었지..
그래서 포기하지 않고 저 별을 찾아간다면..

저 하늘 끝까지 가게 되면..
저 별을 만날 수 있을 거라고..
그렇게 나도 별이 될 거라고 믿었었지..

그러나 별을 만나지도 못했고..
별이 되지도 못했지..

결국 긴 세월 홀로 외롭게 별을 찾아 걸었을 뿐이지..
이미 30년 넘게 저 별을 보며 걸었을 뿐이지..

아직도 별을 만나지도..
별을 따지도 못했고..
나를 만나지도 나를 찾지도 못했기에..

어느 날은 저 별에게 물었어..

별을 따라 온 내 인생이 정말 옳은 거냐고..
별을 향해 걸어 온 이 길이 정말 맞는 거냐고..

긴 세월 단 한 번도 별을 따지도 못하고..
별을 만나지도 못했는데..

별을 찾아 왔던 내 인생은..
도대체 어디에서 찾아야 하고..
무엇으로 행복해야 하냐고..

정녕 내가 걸어온 시간들은..
걸어갈 시간들은.. 괜찮은 거냐고..

언제나 그렇듯 저 별은 아무 말이 없더군..
하긴 저 별이 나를 부른 적도..
나를 기다리고 말했던 적도 없으니..
아무 대답이 없을 만도 하지..

하긴 부른 것도, 오라고 한 것도 없는 곳을 향해..

무작정 길을 나선 건 나였으니까..
그것이 내가 걸어온 길이니까..

하지만 아쉬움은 있을지라도..
후회는 없지..

그래서 여전히 별을 찾는 소년으로..
저 별을 향해 나 혼자 걷고 있지..

저 별이 실제로 거기에 있는지도 모른 체..
저 별이 정말 별이 맞는지도 모른 체..

단지 저 하늘에 별들이 여전히 빛나고 있으니까..
아직 저 하늘에 별들은 지금도 빛나고 있으니까..

그렇게 저 별들은 여전히 희망이기에..
언제나 저 별들은 영원한 꿈이기에..

별을 따던 소년은.. 여전히 철부지 소년으로..
아직도 따지 못한 별을 향해 지금도 걷고 있지..

소년에게만 빛나는 별이고..
소년에게만 보이는 저 별이지만..
그래도 저 별을 향해.. 그렇게 홀로 걷고 있지..

하지만 후회하지는 않지..
아니, 후회할 수도 없지.. 이미 걸어온 길이니까..
내 스스로 선택해 걸어온 길이니까..

그래도 그 인생길은 비겁하지 않았고..
그 누군가에게 아픔이 되기보다는..
그래도 웃음이 되어주고.. 편함이 되어주었으니까..

어렵고 힘들었지만..
그래도 희망과 위로가 되려 했고..
함께함이 되어주고 토닥임이 되어 주었으니까..

그래.. 그래서 괜찮다..
비록 뒤돌아 수없이 아프고 힘들지만..
아무리 스스로를 달래도 아픈 것은 어쩔 수 없지만..

그래도 한사람으로 힘들고 서러운 것은 어쩔 수 없지만..

그래도 그 삶을 후회하지는 않겠다..

원래 사는 것이 그런 거니까..
그것조차 삶이니까..

여전히 저기 저 하늘에 별이 빛나고 있으니까..
아직도 저 하늘에 저 별은 푸르게 빛나고 있으니까..

“별을 지키는 ‘목동’..”

– 벼랑 끝에서 별을 본다..

벼랑 끝에서도 길을 찾았지..
길은 외줄 위로 건너가는 방법뿐..

흔들리는 외줄 위를 불안하게 걸었다.
잠시라도 삐끗하면 떨어져버리고
그대로 끝나버릴 것 같은 불안의 날들..

언제 삶이 외줄타기가 아닌 적 있더냐..
언제 살아감이 벼랑 끝이 아닌 적 있었더냐..

벼랑 끝 외줄타기 끝에
겨우 외줄을 벗어나 잠시 걷다보면..
또 다시 벼랑 끝..

벼랑길을 억지로 건넜지만..
벼랑 끝에서 벼랑 끝으로 왔을 뿐,,

길은 다시 외줄타기뿐..

힘겨움에 미끄러져 떨어지기도 하고
간신히 상처투성이로 기어올라서면
또 다시 벼랑 끝 외줄타기로 이어지는 삶..

그 외롭고 처연한 외줄타기로
한발 한발 번민의 발길을 내 딛으면서
그 긴장의 순간에도 하늘의 별을 보았지..

언제나 빛나는 저기 저 별을 보며 물었지..
사는 건 무어냐고.. 왜 살아가는 거냐고..

살아야 하는 이유를 찾아야하는
그 비루한 날들 속에서도
어김없이 저 별은 떴지..

그래도 저 하늘에 별이 뜨기에..
벼랑 끝에도 별이 뜨기에..

그래도 살아지게 되더라..

그러나 살아지게 되더라..
그렇게 살아지게 되더라..

저 별이 나의 별이 아님을 알지만..
이제는 알지만.. 이미 알고 있지만..

그래도 나를 부르고 있다고 믿으며..
벼랑 끝에서도 별을 본다.

그래, 그렇지만..
별을 지키는 '목동'이라고..

그 언제나..
별을 지키는 '목동'이라고..

그래도..
'당신'이라는 별을 지키는 '목동'이라고..

그래도..
'희망'의 별을 지키는 '목동'이라고..

“별이 밤에 뜨는 이유”

– 너도 나처럼 혼자 깨어 있음을 알기에...

저 별이 깊은 밤에 뜨는 것은
더 빛나 보이기 위해서가 아니라

아무도 그 말 들어줄 사람이 없을 때
혼자라도 들어주려고 밤에 뜨는 것이다.

늦은 저 별은 더 돋보이기 위해
깊은 밤까지 혼자 뜨는 것이 아니라

늦은 밤 혼자 걷고 있는 당신과 함께
걸어가 주고 싶어 늦게까지 뜬 것이다.

아무도 없는 그 어두운 거기까지
작은 빛이라도 되어 주기 위하여

더 어두운 곳에서도 보일 수 있도록
더 어두운 곳에서 더 잘 보일 수 있도록

그 어둠 속에서조차 보여 지게 하려고
깊은 어둠 속에서도 별이 빛나는 것이다.

아무리 어두워도 실낱같은 빛은 있다고
어둠 속에서도 한줄기 희망은 있다고

어제 아무리 어두웠어도 기어이 별은 뜬다고
진한 구름을 넘어 또다시 별빛으로 뜬다고

아무리 세상 혼자인 것 같아도
어둠속에 빛나는 또 다른 누군가도 있다고

그런 희망의 빛을 전하려..
너만 혼자가 아니라고 너와 함께 있다고..

그렇게 이 밤도 별은 뜬다.
아무리 어두운 밤이라도 별은 뜬다.
혼자 걷는 이 밤도.. 희망의 별은 뜬다.

"해 따라.. 별 따라.."

– 나에게로 혼자 걷기..

해 따라.. 별 따라..
나 혼자 그냥 걷기..

왜 사느냐고 묻게 되면
해 따라 그냥 걷기..

무엇을 위해 가느냐면
별 따라 혼자 걷기..

삶에 지친 날이 오면
바람 따라 무심히 걷기

어디로 가는지 모를 때면
구름 따라 담담히 걷기

때로는 꽃처럼 머물다가

때로는 새처럼 노닐다가

비 오는 날은 빗줄기 따라..
눈 오는 날은 눈송이 따라..

어느 날은 들길을 따라..
어느 밤은 강물을 따라..

가다보면 산길을 걷고
걷다보면 꽃길을 걷고

별을 보고 달을 보고
둘이 걷다가 셋이 걷다가

광야를 보고 바다를 보고
함께 걷다가 더불어 걷다가

이제 또 다시..
해 따라.. 별 따라..

나 혼자 그냥 걷기

나와 함께 혼자 걷기

그것이 인생길이기에..
그것이 삶의 길이기에..

오늘도.. 해 따라 별 따라..
나에게로 혼자 걷기..

"오늘 꽃피지 않았다고 울지 마라.."

– 잎새는 여전히 푸르게 살아가고 있으니..

온 산에 꽃핀 날..

내 뜰에만 꽃 피지 않았음을 서러워마라.

오늘 꽃피지 않았기에.. 내일 더 소중히 꽃필 수 있기에..

아직 꽃피지 않았기에.. 새로 더 곱게 꽃필 수 있기에..

모두가 꽃 피었다고 좋아할 때

혼자 꽃 피지 않은 꽃밭을 바라보면..

빛나는 햇살도 눈물로 번지고..

화사한 그 꽃잎도 아픈 회한이지만..

그래도 울지 마라.. 서러워 마라..

이번에 꽃피지 않았기에...

다음에는 저 앞뜰에 더 화사하게

맑고 밝은 새 꽃이 피어날 거다.

그러니 울지 마라.. 울지 마라..
아직 꽃피지 않았다고 울지 마라..
오늘 꽃피지 않았다고 울지 마라..

아직 그 뜰은 그곳에 그대로 있으니..
아직 꽃나무는 자라고..
잎새는 여전히 푸르게 살아가고 있으니..

내가 비겁하지 않았다면..
내가 묵묵히 한길을 걸었다면..

비록 같은 꽃나무에 모두다 꽃 피어도..
혼자 꽃피지 않았음이..
'부끄러움'이 아닌 '옳음'이기에..
아직 꽃피지 않았다고 울지 마라..

오늘 꽃피지 않았기에
내일 더 아름답게 꽃피울 거라 믿으며
가슴속 꽃송이를 소중히 지키면 된다.

“아직도 여전히 기다리고 있는 인생의 별..”

– 여전히 별을 보며 그리로 오고 있는 거지...

저 하늘에 수많은 별이 있고,

그 별들에게는 저마다의 간절한 사연이 있다.

#별 사연 1.

평생을 가난과 무명의 고통을 견디며 살던

50대 중반의 무명 작가 '세르반테스'에게는

“이룰 수 없는 꿈을 꾸고 이룰 수 없는 사랑을 하고 견딜 수 없는 고통을 견디며 닿을 수 없는 저 하늘의 별을 따자”는

간절한 인생의 소망이 있었다.

그리고 결국 그의 나이 58세가 되어서야 ‘돈키호테’라는 명저로 별이 되었고,

이제는 결코 포기할 수 없는 정의와 진실에 대한 '도전의 별빛'으로 세상을 비추고 있다.

#별 사연 2.

동생에게 빌린 돈을 갚지 못하면 자신의 영혼이라도 주겠다는 37세의 지독하게 가난했던 화가,

그래서 자신을 늘 '물질적인 어려움에 대한 생각'에 빠져있어야 했던 화가,

처절하리만치 고독하고 외로우면서도
그래도 '색에 대한 탐구'로 '색채를 통해서 무언가 보여줄 수 있기를 바랬지만

그 누구도 그의 그림을 사주지 않았던 무명화가 '고흐'

그런 삶이 너무 힘겨워
'차가운 냉담만을 던져준 세상과의 연결 고리가 끊어'져야
비로서 "고통만이 가득 찬 내 영혼이 자유로워지는 것 같아."라며
눈물겨운 호소를 하던 '고흐'는 별이 되고 싶었다.

그리고 "난 하늘의 별이 되고 싶어. 나처럼 외로운 영혼에 한줄기 희망의 빛을 던져 주고 싶다"라는 소망처럼

결국 그는 순수한 예술의 열정과 영혼의 자유를 상징하는
가장 위대한 화가이자 세상에서 가장 맑은 별이 되었다.

이제 '고흐'가 그린 '노란 별'은
영원히 우리의 가슴속에 변치 않는 푸른 희망으로 빛나고
있다.

#별 사연 3.
한 국가의 권력을 장악하는 혁명을 성공하고도
또 다른 혁명을 위해 미련 없이 그곳을 떠나
전혀 낯선 나라의 밀림 속에서 새로운 혁명을 꿈꾸던 사람.

하지만 마지막 남은 16명의 대원들과 함께 정부군에 포위되자
자신과 함께 마지막으로 남은 혁명 동지들은 탈출케 했지만
자기 스스로는 결국 총탄에 맞아 체포된 사람.

그 다음날 그는 서른 아홉의 나이에 총살되고
그 자유에 대한 열정적인 생을 마감한다.

그래서 이제30년이 더 지난 지금도
'체게바라'로 불리기보다는 단지 '체'로 불리며

비록 총을 들었지만 너무도 친근한 사람..

밀림의 게릴라 혁명가이기 보다는 시인이었고
늘 소년적 순수함을 갖은 사람.

미완의 혁명가로 늘 현재진행형의 삶을 살았던 감성주의자.
혁명에 성공했기 때문이 아니라 성공한 혁명을 뒤로 하고
또 다른 혁명을 위해 미련 없이 떠났기에 더더욱 존경 받는 사람.

그 사람의 상징이 되어버린 베레모와 별 마크.
이제 그 베레모는 자유의 상징이고
그의 이마에 새겨진 별 마크는 희망의 상징이 되었다.

이렇게 그는 사람들의 가슴 속에
포기할 수 없는 목표가 되었고, 영원히 지지 않는 별이 되었다.

#그리고.. 인생의 별...
사람들은 자신에게 묻는다. 무엇을 위해 사느냐?
과연 무엇을 위해 사는가. 무엇을 위해 살아 왔는가.

그러면 답한다.
저기 저 별을 보고 살아간다고..

세르반테스가, 고흐가, 체게바라가 별이 되고 싶었고
결국 아름다운 별이 되었듯이
저마다 꿈꾸는 별이 있고 그 별을 보고 살아간다고..

비록 그 별은 지금 너무 멀리 아득히 먼 곳에 있지만
언젠가 반드시 그곳에 도착할 수 있을 거라 믿기에
결코 포기하지는 않는다고,..

이미 오래 전에 별이 된 그들도 고통과 외로움에 시달렸고
고독과 쓸쓸함에 눈물 삼켰듯이 그런 시간들을 견뎌내고 있다고..

결코 희망을 포기하지 않고
감내해야 할 어둠의 시간들을 기꺼이 견디며..
고통조차도 삼켜버리는 마음으로 시련의 세월을 참아낼 거라고..

별빛이 어둠이 더 깊을수록 더더욱 빛나듯이

더 큰 아픔이 있기에 더 맑고 밝은 별이 될 거라고..
칠흑처럼 어두운 밤이면 저 하늘의 별을 보고
갈 길의 방향을 잡아 그리로 가듯
인생을 지켜주는 가슴속 그 별을 보며 그리로 가고 있다고..

그래서 결국에는 별을 꿈꾸고 동경한 또 다른 누군가에게
위로와 용기와 희망의 작은 별이라도 될 거라고..

누군가에게 위로와 희망이 될 수 있기에
그 별이 크건 작건 만족할거고..

저 별빛들이 수십 광년을 달려 지구에 도착했듯이
그렇게 온 인생을 달려 그리로 가고 있다고..

그런 평생을 바친 간절한 소망과 열정이라면
결국 그 곳에 도착하리라 믿는다.

오늘도 여전히 별은 빛나고 있다.
그리고 이리로 오라고 말하고 있다.
끝까지 그대로 기다리고 있을 거라고 말하고 있다.

인생의 별은 늘 그렇게 기다리고 있다.
그래서 포기하지 않고 그리로 간다면..
결국 희망의 별이 될 것이다.

우리 인생의 별들은 늘 그렇게 우리를 기다리고 있다.
그리고 묻는다.

지금 어디야?
여전히 별을 보며 오고 있는 거지?
빛나는 저 별 오고 있는 거지?

"삶의 등대처럼..
세상의 바다를 견디게 해준 건.."

– 세상의 파도를 견뎌내는 방법에 대해...

강물의 흐름에 작은 돌들은 휩쓸려 떠내려가지만..
크고 무거운 돌들은 휩쓸려가지 않고..
자기 자리를 지킬 수 있는 것처럼..

큰 배는 거센 파도가 닥쳐도 흔들리지 않지만
작은 배는 쉽게 뒤집히듯..

자기 소신과 철학이 굳건한 사람은..
삶의 위기가 닥쳐도 무사히 헤쳐 나가지만..
삶의 소신과 철학이 얕으면..
작은 어려움과 고난에도 쉽게 흔들리고 휘청대지..

그래서 어려운 상황이면 가진 것이 많지 않을수록..
정신적인 철학이라도 굳건해야
위기의 시기를 헤쳐나 갈 수 있지..

자기 분야의 지식만 깊어도..

밥벌이 지식만 깊고 자기 철학이나 삶의 소양이 부족하니..

작은 위기에도 휩쓸리고 감언이설에도 잘 흔들리고..

최고 학벌을 가진 박사, 의사, 변호사가

별 배움도 없는 무속인에게 시시콜콜 삶의 고민을 상의하고

그 조언을 들어 삶의 길을 결정하기도 하지..

어른이 되어도 꾸준히 이어지는 고민이 있고..

그 고민의 내용은 비슷하지..

남자도.. 여자도 마찬가지이고..

부자와 가난뱅이도 마찬가지고..

출세한 사람이든.. 그것이 아닌 사람이든..

그 누구나 평생토록 느끼는 감정의 파도가 있지..

공허함이나 외로움, 소외감, 배신감, 허전함..

사랑, 미움, 원망, 분노, 탐욕, 애정의 부재..

이런 인간적 감정의 파도 때문에..

힘들고, 어렵고, 아프고, 슬프고, 울고, 웃고 하는 것이 삶이지..

평생을 그런 감정의 파도에 흔들리거나..

그로인해 행복과 불행이 갈리기도 하는 것이 인생이지..

그래서 인생을 뒤흔드는 감정의 파도를 견뎌내려면..

자신만의 기준.. 자신만의 자존감과 자부심을 갖고 살아야..

흔들려도 덜 힘들고 덜 괴롭게 자신의 삶을 지켜갈 수 있지..

설령 그것이 자기 합리화 일지라도..

자신만의 자존감이나 자부심이 봉사활동이건..

공공성 이건 지혜이건 간에..

스스로의 충만함으로.. 강한 자아가 있어야 삶의 갈등을

견딜 수 있지..

바로 그렇게 스스로를 충만함으로 채워주고..

굳건하게 만들어 주는 것이..

문화예술이고.. 인문학이고.. 자기성찰이고..

사람과 사람의 함께함이지..

그래서 삶과 세상을 배우는 것은..

인재가 되기 위해서가 아니라.. 올바른 삶을 살기 위해서..

성공한 삶을 위해서가 아니라.. 정직한 삶을 살기 위해서..
부귀영화로 출세한 사람이 아니라..
평범해도 세상에 필요한 사람이 되기 위해서이지..

무명초의 삶일지라도 고난과 빈곤 속에서 용기를 잃지 않고..
진실과 정의를 추구하며 살아가야 되는 이유를 배우기 위해서..

위대한 인물들의 삶 역시도 모두 그러했기에..
좋은 글을 읽고.. 좋은 사람을 만나고..
세상을 배우고 사는 법을 배우며 스스로를 굳건하게 만드는 것..

외롭고 어려운 때일수록 그 진정한 의미를 느낄 수 있는..
그런 좋은 작품들과 위대한 인물들의 삶의 이야기가..

결국은 지금 내 삶을 살아가게 해주는 이유이고..
위로이고, 용기이고, 희망이고, 행복이 되어 주는 것..

삶의 나침반처럼.. 삶의 등대처럼.. 삶의 균형추처럼..

이 거친 세상의 바다를 헤쳐가고 견디게 해준 힘이 되어주는 것..

그렇게 삶의 등대처럼..
세상의 바다를 견디게 해준 건..
이미 살아낸 사람들의 가슴 울린 삶의 이야기들이었던 것...

"아름답지 않은 꽃은 없다.."

– 끝내 꽃으로 피워낸 것만으로도 아름다운 것...

꽃이 아름다운 건 더 붉게 피어서도..
더 화려하게 피거나.. 더 높이 피어서가 아니라..

단지 사계절을 견뎌내고 피어났기에..
꽃으로 피어난 것만으로도 아름다운 것이다.

빨리 피어났건.. 늦게 피어났건..
어디에서 피어났건.. 언제 피어났건..
단지 꽃이기에 아름다운 것이다.

들녘에 핀 꽃은 어우러져 있어 아름답고..
바위틈에 홀로 핀 꽃은 고귀해서 아름답다.

화사한 꽃은 그 밝음이 아름답고..
소박한 꽃은 그 순수함이 아름답다.

그래서 생명 없는 가짜 꽃이 아니라면..
무슨 색으로 어떻게 피어났건..
아름답지 않은 꽃이 없다.

우리 삶도 그렇다.
진실한 삶이라면 아름답지 않은 인생은 없다.

어떤 위치에서 얼마나 돋보이는 삶이라서
아름다운 것이 아니라.. 단지 세상의 들녘에서..
결국 견디며 살아가기에 아름다운 것이다.

뜨거운 돌밭을 견뎌내고..
긴 어둠의 시간을 지냈으면서도..
결국 꽃으로 피워냈기에 아름다운 것이다.

시린 절벽 틈을 참아내고..
비바람을 온 몸으로 눈물로 떠받치면서..
끝내 꽃으로 피워낸 것만으로도 아름다운 것이다.

우리는 모두 다 그렇게 아름다운 꽃이다.
그 누군가에게든 가장 소중한 꽃이다.

"그래도.. 파랑새는 날아가지.."

– 세상 속에 파랑새 한 마리라도 날려 보냈으면...

내가 쓴 편지는

비록 내가 썼다고 해도

나의 것이 아니라

받은 사람의 것이지

세상에 내놓는 것들도 마찬가지

이미 세상에 보여준 순간

그것은 나의 것이 아니라

세상 사람들의 것이지

우리 삶조차도 그렇지

세상에 내가 무엇을 했다고 해서

그건 나의 것이 아니라

나와 함께한 사람들의 것이지

스스로 했다고 해서

꼭 그런 것만은 아니고
세상을 위해 했다고 해도
꼭 그랬던 것만은 아니지

좋은 일이든 부족한 일이든
좋고 나쁨은 받게 되는 그 사람의 몫

좋게 느끼면 다행스러운 일이고
별로라고 느끼면 어쩔 수 없듯
우리 삶 역시도 마찬가지..

나만의 것인 듯해도 나만의 것이 아니고
내 것이 아닌 듯해도 내거 일 수도 있지

그렇게 세상 속에 함께 존재하는 세상살이기에
세상 속의 나 역시도 나를 떠나면 세상의 몫

이미 날려 보낸 파랑새처럼
단지 행복을 빌어줄 뿐이지

새장 속의 새가 아닌 세상 속의 새인 것이기에

파랑새처럼 희망이 되어주면 고마운 것이고
그렇지 못 하더라도 어쩔 수 없는 거지

누구나 세상 속에
알게 모르게 자기만의
파랑새를 날려 보내며 살아가지

어느 곳, 누구에게서
어떤 의미가 될지 모르지만

그래도..
파랑새는 날아가지..

그래도..
희망이 될 거라 믿으며..
세상 속을 날아가지..

우리 삶이 그렇지..
세상 속에 파랑새 한 마리라도
날려 보냈으면 그것으로도 좋은 거지..

"삶이란 '혼자'가 되어가는 과정.."

– 함께여도.. 혼자여도.. 내 삶은 소중했다고...

“삶이란 '혼자'가 되어가는 과정..”

– 함께여도.. 혼자여도.. 내 삶은 소중했다고...

신혼 때는 배우자가 옆에 없으면 잠들지 못하지만..
중년이 되면 혼자 자는 것이 편하다며..
각자 따로 혼자 자길 원한다.

젊을 때는 친구들에 둘러쌓여 밤 세워 술을 마시지만..
점점 나이가 들수록 혼자 술 마시는 일이 늘어나며..
오히려 때론 혼자 술 마시는 것이 더 편할 때도 있다.

자식이 어릴 때는 잠시라도 부모와 떨어지지 않으려다가..
좀 더 나이가 들면 간섭 받길 피해 부모와 떨어지려 한다.

오랫동안 일하던 회사에서 더 이상 함께할 수 없다고 하거나..
오래알던 사람들과도 어쩔 수 없이 돌아서 버리기도 하고..
긴 세월 함께해 왔던 익숙했던 것들과도 멀어지기도 한다.

이렇게 인생은 점점 원하건.. 원하지 않건..
서로 사랑하건 사랑하지 않건.. 그것과는 별개로..
점점 혼자가 되는 시간이 많아지고..
혼자일수 밖에 없는 상황으로 변해간다.

이렇게 어쩔 수 없이 혼자가 되어가는 과정이 인생이건만..
그래도 그것을 받아들이지 못하거나 견디기 힘들어 한다.

그래서 그렇게 혼자가 되어가는 것이 싫어서..
가끔은 이런저런 불편함을 감수해서라도 함께해 보면..
벌써 혼자였던 것에 이미 어느 정도 익숙해져 있어서..
함께하는 것이 좋은 것만은 아니고.. 오히려 불편하기까지 하다.

그렇다. 결국 삶이란 혼자가 되어가는 과정이고..
자연스레 혼자가 되는 것이 인간의 운명이며 숙명이다.

이제는 이런 '혼자'됨을 자연스럽게 받아들이고..
혼자인 내 스스로를 달래고 위로해야 한다.

그 '혼자'됨이 정 허전하고 견디기 힘들면..

내가 사랑하는(했던).. 나와 함께하는(했던)..
그 소중한 무언가를 대신해줄.. 무언가를 만나면 된다.

나에게서 떨어지거나.. 멀어지거나.. 빠져나가는 것만큼
나를 채워줄 뭔가를 찾아 비록 완전하지는 않더라도..
허전한 마음을 메우며 내 삶의 시간들을 지켜 가면 된다.

그렇게 채울수 있는 것이 취미일 수도 있고..
봉사이거나.. 일이기도 하고.. 운동과 문화.. 그 무엇이든..
자신과 어울리거나 자신이 좋아할만한 것이면 된다.

어느 사람이 큰 돈벌이가 되지 않음에도..
굳이 가게를 열어 장사를 하는 이유가 사람을 만나기 위해서고..
어느 사람이 별로 알아주는 사람이 없어도..
꾸준히 인터넷 소통으로 지식을 나눈 이유도..
삶의 가치를 느끼고 싶어서이기도 하다.

만약, 여러 사람들과 어울리는 것이 별로라면..
혼자 할 수 있는 것들로 스스로의 빈 시간을 채우면 되고..
그것으로 위로받고.. 그렇게 조금 더 행복해질 수 있다면 된다.

이제 '혼자'되는 삶이라고 너무 쓸쓸해하거나 힘들어하지 말자.

삶이 원래 그렇게 '혼자'되어 가는 것임을 이젠 알기에..

외로움조차 느끼지 못 할 만큼 더 외로운 사람도 있기에..

그 누구든 결국 혼자로.. 혼자 참고.. 혼자 견디어 가는..

그런 것이 사는 것임을.. 그것이 삶의 본질인 것이기에..

이제.. '혼자'됨을 인정하고.. 받아들이고..

그 속에서 나를 찾고.. 나를 만들어..

함께여도.. 혼자여도.. 나는 나를 사랑했다고..

그 언제든 나는 나의 인생을 살았다고..

함께여도.. 혼자여도.. 내 삶은 소중했다고..

나는 끝내 나의 삶을 사랑했다고..

그렇게 살아가기로 한다.

“이제 다시 시작하리라..”

– 그래서 더 새로운 나를 만나리라...

이미 할 만큼 했으니까
지금까지의 방법으로는 할 만큼 했으니까

반드시 해야 할 인생의 몫만큼은 이미 다했으니까
누구나 해야 하는 삶의 기본적인 의무는 다했으니까

다시 태어나서 새로운 나로 거듭나리라
더 새로운 미래의 나를 향해 떠나리라

괜한 미련으로 지금까지 매달렸던 것들에서
이제는 더 이상 인연이 아니어도 되는 것이기에

헛된 망상에서 벗어나 억지스런 욕심은 버리고
안 좋았던 것들은 끝내고 잘못된 것에서 결별하고
허울뿐인 인연은 정리하고 괜한 미련은 끊어 버리고

그렇게 못난 과거로부터 떠나리라
헛된 미련으로부터 자유로워지리라

지금까지 좋지 않고 부족 했고 맞지 않고
억지스럽고 올바르지 않았지만

그럼에도 불구하고 혹시나 하는 미련으로
계속 매달리고 또 매달렸었지

잊어버려야 할 때.. 떠나야 할 때..
끊어 버려야 할 때.. 정리해야할 때..

내려놓아야 할 때.. 내려놓지 못하고..
지금까지 그렇게 헛헛한 세월을 보냈지..

알고 보면 별 대단치도 않은 것에
괜한 미련 갖고 덧 없는 욕심에 매달렸지

이미 매달 릴만큼 매달렸고
미련 가질 만큼 미련 갖고 할 만큼 다 했지

그렇기에 버려야할 미련 모두 털어버리고
잊어야할 것은 잊어버리고 새 길을 가리라

이제 다시 시작하리라
그래서 새로운 미래의 나를 만나리라
저 앞에 기다리고 있는 새로운 나를 만나리라

그래서 단지 새로운 시작이 아니라
또 다른 나를 만나는 새로운 여정을 시작하리라

새로 시작하기에 더 나을 수 있는
나를 믿으며 나를 위하고 나를 사랑하며
그렇게 다시 시작하자.. 이제 정말 새로운 시작이다.

이제 나는 나의 미래를 만나러 떠난다.
진정 나를 사랑하는 나를 위해 새로운 길을 떠난다.

아쉽지만 떠나야 할 것들이여 안녕..
잊어야 할 것들이여 안녕.. 버려야 할 것들이여 안녕..

잘 가라 잊어야 할 헛된 과거야..

미련 버려야 할 못난 시간아..

아쉬운 미련들아 이젠 안녕..
헛된 시간들아 이젠 안녕..

이제 나는 새로운 나로 거듭 난다.
새로운 나로 새로운 나를 만난다.

“진정 나를 사랑한다면..”

– 내 사랑하는 인생아.. 나에게로 가자...

점점 빨라지는 인생의 속도만큼
점점 짧아지는 인생의 남은 세월만큼

이제 정말 인생의 남은 시간이 짧아지는 만큼
더 소중한 곳에서 더 필요한 시간들을 위해
더 해야 할 것을 위해 살아야지

이제는 하늘의 뜻을 알았기에
더 소중한 것들을 위해
더 소중한 사람에게 더 잘하고

꼭 해야 될 것에 더 집중하고
진짜 필요한 것에 더 열심히 하고

더 사랑해 야 될 사람과 더 함께하고
어렵더라도 모질고 냉정하게 스스로를 달래

해야 하는 것 우선으로 더 함께 해야 할 사람과
정말 소중한 것들을 위해 나의 시간을 보내야지

자꾸 미련이 생기고 그 예전에 머무르고 싶지만
또 똑같이 그런 시간들을 보낼 수가 없는 거지

지난 과거를 원망하지는 않겠다.
못난 과거지만 좋지 않은 시간들이었지만
부족했지만 인생의 낭비이었다 해도 인정하겠다.

얻은 것도 없이 빈손뿐인 허송세월 보냈다 해도
그것이 왜 헛된 시간인 줄 알게 된 시간이었으니
그 나름대로 필요했던 시간으로 생각하자.

그래도 지난 세월이 헛된 시간이었을 수도 있지만
그 덕분에 해 볼 경험 했고 세상도 알게 되었다.
인생에 연륜도 쌓았고 나 자신이 더 깊어졌다.

지금까지의 잘못된 실패와 실수와 못남은
아직 부족했기에 그냥 그럴 수 있다고 치자.

지난 세월이 미숙한 시간들이었으니까
이제는 후회 덜할 새로운 삶의 길을 가자.

또 똑같은 실수를 반복할 수는 없는 거다.
또 똑같은 잘못을 거듭할 수는 없는 거다.

해야 할 경험이지만 한번 경험하면 되는 거다.
다시 하지 않아도 되는 일을 반복할 수는 없다.

내가 진정 원했던 그 길을 찾아 가자.
가고 싶었던 그 길로 가서 새로운 나를 만나자.

그것이 진정 더 나를 사랑하는 방법이다.
진정 더 나를 위하는 방법이다.

이제 새로운 그곳에 더 나은 내가 있다고 믿고
더 나은 나를 위하여.. 더 나은 미래를 위하여..

이제 진정 소중한 나를 위해.. 진짜 나를 위한 시간..
진정 나를 사랑하는 시간을 보내도록 하자.

그렇게 진정 나를 사랑한다면
떠나야 할 때 떠나고 미련 끊어야 할 때 끊고
새로 시작할 줄 아는 용기와 의지로 다시 시작하자.

기다려라 나의 새로운 인생아.. 더 멋진 인생아..
더 멋진 시간아.. 더 좋은 사람아 기다려라..

이제 내가 간다.
진정 나는 나를 사랑하기에
나를 만나러 내가 그리로 간다.

다시 태어난 내가.. 더 새로운 내가..
더 좋은 내일의 너를 만나러..
내가 나에게로 간다.

이제 거기서 다시 만나자.
더 새로운 나와..
더 새로운 인생으로..

내 사랑하는 인생아..
나에게로 가자..

“인생에서 가장 중요한 것은..”

– 가장 소중한 것은 단 하나.. 단 한번...

더 들어주라고 귀가 두 개
더 두루 살펴보라고 눈이 두 개

그렇게 널리 듣고 봐서 많이 알더라도
신중히 절반만 말하라고 입은 한 개

더 많은 일을 할 수 있도록 손이 두 개
더 멀리 더 넓게 갈 수 있도록 발이 두 개

그래서 더 많이 모으고 더 많이 쌓아도
나에게는 절반만 넣어두라고 입은 한 개

그 사람의 아름다움을 느끼라고 눈이 두 곳
그 사람의 고운 목소리를 들으라고 귀가 두 곳
그 사람의 싱그러운 향기에 취하라고 코도 두 곳

하지만 감미로운 사랑의 키스를 할 때만큼은
그 사랑에만 온전히 빠져있으라고 입은 단 하나

이렇게 인생에서 가장 중요한 것은
오직 단 하나.. 단 한 가지..

사람도 일도 사랑도 가장 중요한 것은
오직 단 하나.. 단 한 가지..

언제나 소중한 것은 단 하나.. 단 한 가지..
우리 인생도 그렇게 단 하나.. 단 한번..

인생은 그렇게 단 하나.. 단 한번..
그런 소중한 인생에서 가장 중요한 내 삶도..
단 하나.. 단 한번..

"그래도.. 살아갈 이유.. 살아가는 이유.."

– 삶은 꿈꾸기 위해 존재하는 것이다..

나에게 아직 꿈이 남아 있을까.

지금껏 이루어진 꿈도 없고
더 이상 이룰 수 있는 꿈도 없다.

하지만 꿈을 포기하지는 않는다.
나는 살아 있으므로..

그리고 여전히 꿈을 꾼다.
나는 자유이므로,,

아무 꿈도 이루어내지 못한 서글픔
이룰 수 있는 꿈이 없다는 쓸쓸함

그래도 오늘도 꿈을 꾼다.
그 서글픔과 쓸쓸함 속에서도

늘 변함없이 꿈을 꾸었었기에..

그래서 지금껏 살아왔기에..
그렇게 지금껏 견뎌왔기에..

꿈은 이루기 위해 존재하는 것이 아니라
꿈꾸기 위해 존재하는 것이다.

살아가기 위해 존재하는 것이고
살아내기 위해 필요한 것이다.

지금도 꿈을 꾸고 있다면
아직 살아 있는 것이다.

그 꿈이 이루어지건 말건 간에..
그 삶은 살아갈 이유가 있다.

그러니 살아가는 날들은
언제나 희망의 꿈을 꾸어야 한다.

새 꿈을 꾸고 있다는 그것만으로도

늘 희망으로 살아가야 한다.

꿈꾸는 것만이 인간의 자유의지이기에..
진정 자유로운 인간의 본질이기에..

꿈을 이루기에 그 삶이 위대한 것이 아니라..
또 다시 꿈꾸고 있기에..
계속 꿈꾸는 것만으로도..
삶은 소중하고 특별하다.

그래서 인생의 꿈은 그렇게..
삶의 이유다.

"민들레.."

– 끝내 살아감이 가장 소중한 것임을...

여리게 태어났어도 질기게 살아남아
홀씨 하나 전할 수 있는 것으로도

외딴곳 고즈넉이 홀로 피어도
너는 너만의 가장 소중한 꽃이라고

가장 낮은 곳에 아주 흔하게 피어도
어여쁘게 잘 살아갈 수 있는 거라고..

오히려 더 낮은 곳에 있기에
저 별이 소중한 것임을 알았고

언제나 올려 볼 수밖에 없기에
저 별을 밤새 끝까지 볼 수 있었다.

시린 계절을 견뎌낸 사람에게

환히 웃음 짓게 만들어 낼 수 있음을

반가움이 되고 그리움이 될 수 있음을
희망이고 의미가 될 수 있음을

그냥 그것으로도 소중한 삶임을
그 삶도 해야 할 일이 있음을

여기 어우러져 더불어 살아감이
사실 우리 살아감임을 이제는 알았다.

더 밝은 곳에 더 화려하게 피고픔도
부질없는 미련이고 욕심이었음을

더 크게 더 많이 더 높이 가고픔도
아직 내 마음이 부족하기 때문임을

더 긴 겨울을 지난 후
개울가 제일 낮은 곳에서

착한 봄 햇살을 온 몸으로 느끼며

'아! 나도 살아 남았구나' 라며..

여리디 여린 홀씨로 날아왔지만
모질게 견디고 견뎌 끝내 살아남아

또다시 노란빛 희망을 전하겠다고
하얀 바람에 띄워져 날아갈 때 알았다.

살아내고.. 살아가는 것만으로도
희망인 것임을 민들레는 알았다.

낮은 곳에서 곱게 피워 내는 것이
진짜 아름다운 존재인 것임을

끝내 살아감이 가장 소중한 것임을
그제야 민들레도 온 삶으로 알았다.

“도시의 밤을 홀로들 걷는 이유..”

– 내일 다시 만날 도시의 밤은 그래도 행복할거라며...

퇴근 무렵이면 더더욱 화려하게 피어나는
도시의 밤은 언제나 쓸쓸하도록 아름답지..

마땅히 어디 갈 곳도 없고
누구 하나 불러 주는 사람 없이..

불러줘도 그 자리는 가고 싶지 않기에..
화려한 도시의 밤을 홀로 맞는 거지..

끝내 어느 한명 만날 사람도 없이..
처연히 빛나는 도시의 밤을 혼자 걷는 거지..

이 도시는 왜 내게만 그리도 쓸쓸 하냐고
이 도시는 왜 나에게만 그토록 가혹하냐고

그래도 나에게는 아직도 꿈이 있다고

그래도 끝내 포기하지 않는 꿈이 있다고

그렇게 마음을 달래고 쓰다듬어주지만
밤이 깊어갈수록 바보처럼 눈물이 흐르지..

그래서 도시의 밤을 지키는 가로등 불빛은
홀로 걷는 마음을 담아 속울음으로 흐르지..

차마 말하지 못하고 처연히 눈물만 흘리듯
도시의 불빛들도 그렇게 울고 있는 거지..
그렇게 눈물처럼 반짝이고 있는 거지..

그래서 도시의 밤은 아름다운 눈물인거지
그래서 도시의 불빛은 늘 쓸쓸하고 허전한 거지..

이루고 싶은 꿈은 아직도 여전하지만
그 무엇 하나 제대로 이루지 못했기에

여전히 이루지 못한 꿈을 가진 사람들의
초라함과 쓸쓸함을 대신한 눈물처럼 애처롭지..

저 아름다운 도시의 밤 속에서
웃으며 어울리고 싶었지만

함께 하지도 못하고
함께 할 사람조차 없이
여전히 터덜터덜 혼자 걷고 있기에..

도시의 밤은 늘 그렇게 쓸쓸하도록 아름답지..
그때도 그랬듯이 지금도 쓸쓸하게 아름답지..

그래도 오늘의 내일은 저 빛나는 도시의 밤을
눈물이 아닌 빛나는 웃음으로 함께 할 거라며
아름다운 속에서 아름다움으로 함께 할 거라며

눈물 스친 바람을 맞으면서도 초라함을 견디고
외로움을 삼키고 쓸쓸함을 넘으며 걷는 거지..

아름답게 유혹하는 도시의 불빛을 참으며
아름답도록 쓸쓸한 도시의 밤을 홀로 견디며

이대로 떠나버리기에는 차마 아쉬운 도시의 밤을..

내일 다시 만날 도시의 밤은 그래도 행복할거라며..
그렇게 다들 쓸쓸히 홀로들 걷는 거지..

나도 당신도 그렇게 홀로 걷는 거지..
모두 그렇게 도시의 밤을 홀로 견디는 거지..

오늘도 쓸쓸한 도시의 밤을..
또 혼자 내일로 걷는 거지..

"내일은 웃으면 되지.."

– 그래도 웃으면 되지...

슬픈 날이면 울면 되지
화나는 날이면 화내면 되고

외로운 날이면 만나면 되고
괴로운 날이면 한잔 하면 되지

그냥 그러면 되지
그렇게 힘든 오늘을 견뎌내면

아프고 슬프고 지치고 힘들었던
오늘이 지나갈지니..

그래서 새로운 아침이
분명 또다시 밝아 올지니..

힘든 어제는 가고..

희망찬 오늘로 다시 시작될지니..

그래도 웃으면 되지
그때 다시 웃으면 되지

당신 본래 그 착한 그 마음처럼
당신 본래 그 고운 그 모습처럼

가슴 후련하게 밝고 유쾌하게
아주 활짝 웃으며 되지

환한 기쁨으로 웃으면 되지
내일은 웃으면 되지

그렇게 견뎌내고 살아내면
언제나 웃고 있는 사람이 되지
항상 웃을 수 있는 오늘이 되지

"억울한 당신을 위한 기도.."

– 세상의 위선과 음해가 너무도 힘들고 억울한 당신에게...

한없이 억울하지만..
그 억울함이 쉽사리 밝혀지지 않을 때가 있습니다.

죄 없는 돌팔매질을 맞으면서도
홀로 참아야 할 때도 있고..

참을 수 없는 억울함을..
억지로 달래야할 때도 있습니다.

아무런 잘못 없이 모욕을 견뎌야 하고..
굴욕을 당하면서도 참아야만 할 때도 있습니다.

올바르게 살아도 음해를 당하고..
정의롭게 살아도 누명을 뒤집어 쓸 때도 있습니다.

아무리 해명을 해도 억지로 죄를 뒤집어씌우기에..

속이 새카맣게 타면서도 혼자만의 가슴앓이로
묵묵히 견뎌야만 할 때도 있습니다.

그렇게 세상살이는 때로..
억울하게 거짓된 모함을 받고..
거짓에 진실에 묻힐 때도 있지만...

강물이 잠시 굽이쳐 흘러도..
결코 거꾸로 흐르지 않음을 알기에..

그래도 이 시간이 지나면..
결국 진실이 밝혀지게 될 것임을 믿기에..

이제 한없이 억울할 당신을 위해..
마음의 기도를 올립니다.

거짓 모함에 속은 자들이 던지는 비난에
결코 흔들리지 않는 굳건함으로 견뎌내어 주소서..

아무리 억울한 누명일지라도 끝내 헤쳐 넘는..
믿음과 용기를 굳건히 지켜주소서..

그래서 그동안의 열정과 노력들이..
결국에는 아름다운 열매로 맺어지는..
소중한 결실을 이루어내소서..

세상의 오해와 의심은..
잠시 당신을 힘들고 아프게 하고 있지만..
끝내 견뎌내고 이겨낼 의지를 당신에게 주소서..

이미 지금까지 올바르고 떳떳이 살아왔기에..
정의는 승리하고 진실은 밝혀진다는 평범한 진리가..
당신에게도 반드시 함께하게 하소서...

간절한 소망으로 긴긴 세월을
최선을 다해 살아온 사람이라면..
그 소망이 꼭 이루어질지니..

온갖 시련과 음해와 거짓을 이겨내고..
간절한 그 소망을 꼭 이루어내소서...

"더 '이루려는' 희망 보다 더 '나누려는' 희망으로.."

– 희망의 '주인공'이기보다 희망의 '도우미'로도 괜찮은 것...

사람이 어려움 속에서도 참고 살아 갈 수 있는 것은 오직 희망이 있기 때문이다. 앞으로 더 좋아질 수 있다는 희망, 이 힘들고 어려운 시간을 견디면 내일은 더 잘 살 수 있다는 희망..

하지만 나이가 들어 점점 희망이 이루어질 확률은 낮아지고.. 이젠 그 희망마저 희미해지면 사람은 점점 상실감이나 공허감에 빠진다.

지금껏 그 어려움을 견뎌온 건 오직 희망 때문이었는데.. 이제 그 희망조차 희미해지면 무엇으로 삶을 지탱하며 살아야 할까..

그런 물음에 대한 해답을 찾다가 의지할 수 있는 무언가를 찾아 빠져들게 된다. 과거에 집착해 성장기에 교육 받거나 세뇌된 이념에 빠지거나 종교에 의지 한다. 다른 누군가는 자연으로 들어가거나, 그동안 못 누렸던 여행에 몰두한다.

누구는 모든 미련을 내려놓고 그저 안락하고 평화로운 삶을 찾기도 한다. 그래서 인생에 대한 상념이나 아쉬움을 카톡이나 SNS로 새벽부터 깊은 밤까지 자신의 마음을 공유하기도 한다.

그러면 도대체 무엇으로 살고 어떻게 살아야 하는 걸까. 살아 있다는 것을 느끼기 위해.. 억지로라도 또다시 희망을 만들고 그 억지 희망이라도 쫓아야 하는가..

그것도 아니라면 아무런 희망도 열정도 없이 그냥 사니깐 어쩔 수 없이 살아야하나..

이제 그 해답을 찾아야 한다. 꼭 희망이 아니더라도 또 다른 삶의 이유가 있다고.. 그 의미와 이유를 찾아야 한다.

지금까지 나 스스로의 희망을 위해서 열심히 살아 왔다지만..
그것은 어찌 보면 나 자신만을 위한 희망이었고 나 자신만을 위한 욕심이었을 수도 있다.

무언가 더 많이 이루려는 희망, 더 높이 오르거나, 더 인정받으려 했고, 더 많이 갖으려 했던 희망이었기에..

내가 더 잘 되고 내가 더 성장하고 내가 더 커지기 위한 나 자신을 위한 희망이었다.

그래서 이제부터는 그런 나만을 위한 희망 보다는.. 내가 아닌 남을 위한 희망.. '더 이루기 위한 희망'이 아니라... 희망이 '이루어지도록 도와주는 희망'도.. 충분히 좋은 새로운 희망이 될 수 있는 것이다.

이미 희망의 꿈으로 나는 내 삶을 여기까지 열심히 살았고..

내 삶의 몫에 대해서만큼은 충분히 노력 했으므로..

희망의 '주인공'이기보다 희망의 '도우미'로도 괜찮은 것이다.

'오 헨리'의 명작 소설 '마지막 잎새'의 그 무명 화가처럼 희망이 필요한 누군가에게 마지막 그림이라도 그려주는 마음으로..

내가 할 수 있는 것으로라도.. 내가 갖고 있는 재능만큼이라도... 그렇게 좋은 사람으로 살아가는 것으로도 분명 그 삶은 소중한 것이다.

'마지막 잎새'처럼 아름다운 작품을 쓰지 못한다고 해도 그렇게 위로와 희망의 전하고 싶다는 마음으로 글을 쓴다면 글을 쓰는 그 순간만큼은 똑같이 소중한 희망의 마음이다.

그렇기에 비록 내 삶의 꿈을 모두 이루지 못한 삶일지라도.. 더 많은 사람에게 더 좋은 사람이 되어 주고 더 많은 도움이 된다면.. 그래서 더 많은 사람에게 더 좋은 사람이 되어주는 것으로도 의미 있는 삶이다.

그것이 어쩔 수 없는 마음 비움이고 내려놓음이라고 할 수도 있지만.. 그것은 단순히 마음 비움이고 내려놓음이 아니다.

그 속에서 나의 존재를 찾아가고.. 내 삶의 의미를 자연스럽게 돌아보는 희망.. 지금까지 나를 위한 희망이었지만.. 이제부터는 함께하는 희망으로 살아가는 것도 괜찮을 것이다.

설령 가장 낮은 곳에 있다고 하더라도.. 그래도 나 보다 더 힘들고 더 낮은 무언가를 위해 함께하는 희망으로.. '나를 이루려는 희망' 보다는 '남을 이루어지게 도와주는 희망'으로 살아가보자.

비록 내 꿈을 이루기에는 부족한 재능이지만.. 자신이 가진 재능으로 다른 누군가에게 작은 위로와 도움이 되어줄 수 있다면 또 얼마나 다행한 일인가..

그렇게 '더 이루려는 희망'이 아닌 '더 나누려는 희망'을 다시 새 희망으로 삼고.. 내 삶의 길을 가는 것도 아름답고 소중한 삶의 길이다. 그것만으로도 참으로 가치 있는 삶의 길인 것이다.

그래서 누구나 결국에는 그 무엇도 못 가져가고 모든 것을 남겨두고 떠나듯.. 그러니 모든 것을 남겨주고 가듯이.. 그렇게 세상 사람들과 함께해야지.. 그렇게 끝내 희망 만들고 희망을 나누며 살아야지..

그래서 '이루려는 희망'이 아닌 '나누어주는 희망'일지라도..
희망을 갖고 있다는 그 자체가 희망이다. 그래도 삶은 희망이다..

삶,

나와 함께
혼자 걷기

"그래, 걷는다. 그렇게 나에게로 돌아오며 걷는다."

– 나에게로 혼자 돌아오지만.. 그래도 함께 걸어준다...

"그래, 걷는다.
그렇게 나에게로 돌아오며 걷는다.."

– 늘 그렇게 그 사람을 위해 함께 걷는다.. 걸어준다...

그래, 걷는다.
스무살때 술 취한 선배를 위해 함께 걸었다.
서른살때는 아픈 후배를 위해 함께 걸었고,
마흔이 되어서는 외로운 친구를 위해..
여전히 함께 걷는다, 걸어준다..

지금껏 그랬듯이.. 앞으로도 역시..
남들에게 챙김 받기 보다는 남들을 챙겨주는 사람으로
그렇게 걷는다.

사랑 받기보다는 사랑해주는 사람으로
늘 그렇게 그 사람을 위해 함께 걷는다.

이렇게 걷고 있는 내 맘을..
다른 사람들이 알지 못한다 해도..

저 하늘 달님만은 내 진심을 알거라 믿으며..
그렇게 또 길을 걷는다.. 걸었었다..

비록 지금 걷는 이 걸음이..
나 자신에게는 때로 제자리를 맴도는 일이었고..
또 때로는 뒷걸음질일 때도 있지만 그래도 걷는다.

스스로 옳다고 믿기에 걷는다.
그냥 내 길이기에 걷는다.

모두를 챙겨주고 혼자 돌아오는 밤길..
30년전에도, 20년전에도, 또 10년전에도..
늘 그렇듯이 지금도 혼자 그렇게 나에게로 돌아온다.

지금도 나는 여전히 약하고 순한 사람이지만..
그래도 또 사람들의 밤길을 지켜준다.

그 사람을 그냥 보내기는 너무 아쉬웠기에..
그냥 그것이 옳다고 믿기에..
그냥 그렇게 혼자 돌아왔다.

내 인생은 늘 그런 식이다.
어릴 때에도 그랬고, 나이가 들어서도 여전히 그렇게..
외롭게 나 혼자 돌아온다.

그러나 그래도 나는 괜찮다.

'나는 괜찮다'고 믿으니까.
그래도 옳은 것은 옳은 거니까..

나이를 먹어도 옳은 건 옳은 거고,
아무리 세상이 변한다 해도 옳은 건 마찬가지 거니까,.

오늘도 나는 걷는다.
그리고 내일도 나는 걷는다.

언제나 그렇게 함께 걷는다.
나에게로 혼자 돌아오며 걸어준다..

끝내 나 혼자..
나에게로 돌아오지만..
그래도 함께 걸어준다...

“꽃향기나 전하는 인생일지라도..”

– 사람의 향기를 꽃향기로 전하는 사람으로...

이만큼 밖에 살지 못하는 스스로에 대한 자괴감으로..
과연 ‘내 인생의 의미는 무엇일까’하는 의구심이 들수도 있지만..

인생의 지천명의 나이가 되면..
내가 이렇게 살고, 여기에 있는 하늘의 뜻을 알고..
이미 자기가 하고 있는 일이 하늘의 뜻임을 받들어..

그 어떤 분야에서 일하건, 그 위치에 서있는 현재를..
스스로의 운명처럼, 숙명처럼.. 받아들여야 하는 것..

그런데도 그 나이가 되었음에도 불구하고..
그 위치에 있는 이유를 알기는 고사하고..

여전히 왜 여기 내가 있고..
왜 이만큼 밖에 못 있는지에 대한 회의를 갖고..

갈피를 못 잡고 살아가는 경우가 흔하지..

그래도 이루고 싶은 꿈이 있었고..
번듯하게 내세우고 싶은 야망이 있었고..
무언가 특별한 사람이 되고,
좀 더 돋보이는 인생을 살고 싶은 욕심이 있었지만..

하지만 결국 별 성공을 이루지 못한 모습으로..
별로 이루어 놓은 것도 없고.. 내세울 것도 없고..
올라 있는 자리도 없이 무명의 삶을 살아가지..

일부 앞서가거나, 높이 올라가고, 많이 모은 사람들이야..
당당하게 자신의 명함을 자랑스럽게 내세우거나..
더 큰 목표를 향해 살지만..

꿈과 현실과의 차이 때문에 괴로워하거나..
그에 따른 자괴감과 상실감 때문 사람들을 회피하고..
살아가는 것이 평범한 사람들의 삶에 모습이지..

스스로의 삶의 성취를 부족하게 생각하는 사람들 중에..
치열한 세상을 등지고 초야에 묻혀 사는 사람도 생기고..

이것저것 그냥 모두 내던지고 자유를 찾아 떠나기도 하지..

하긴, 누군들 더 대단한 사람이 되고 싶지 않았겠는가..
누군들 더 높은 자리 가고 싶지 않고..
더 환호 받고 싶지 않았겠는가..

누구나 더 인정받고.. 존중 받고.. 존대 받고..
남들 가르치며 살고 싶은 것이 사람의 마음..

하지만 모두가 그렇게 될 수 없음이 세상이기에..
세상살이의 미련과 아쉬움의 회한이 있는 것..

그렇다고 부족한 재능을 원망하고..
못난 자신을 한탄한들 무슨 소용 있겠는가..
그래도 내 삶이니까 끝내 버티며 살아야지..

내가 가지지 못한 것을 부러워하기 보다는..
그나마 내가 갖고 있는 것에서 만족을 찾아야지..

남들이 높이 올라있고.. 많이 갖고 있는 것에..
내 자신을 비춰본들.. 스스로가 초라해지기만 할 뿐..

성공한 사람들을 부러워하고 매달린들..
내 인생이 아닌데 무슨 소용 있겠는가..

이제와 비교해 봐야 어차피 비교조차 되지도 않기에..
자꾸 미련 가져봐야 무슨 소용 있겠는가..

그러니 아예 비교조차 되지도 않는 것에..
더 이상 억지로 매달리지 말고 괜한 미련 갖지 말고..
차라리 그 사람들이 가지지 못한 것에서..
내가 가진 것에.. 나만이 갖고 있는 것에서..
나를 찾아야지..

나만의 자긍심의 될 철학과 가치관을 다져..
스스로의 가치를 갖고 살아가는 인생이라도 살아야지..

세상속의 성공은 못 쌓았지만..
내 삶속에 나만의 가치와 내공은 쌓고 살아야지..

그런 믿음과 의지로..
내 삶을 후회 없이 살아가야지..

그래야 그나마 내 인생이..
덜 안타깝고.. 덜 부끄럽고.. 덜 아쉬울테니..

비록 내가 가진 재주는..
높이 날지도 못하고.. 많이 가지지도 못하고..
더 특별히 돋보이거나.. 재주가 아주 뛰어나지도 않지만..

그래도.. 더 많이 보고.. 더 많이 듣고.. 더 많이 느끼는..
그런 사람이기에..

그래서 내가 보고, 듣고, 느낀 것을..
남들에게도 들려주고.. 전해주는 인생으로..
살아가야지..

세상과 사람의 아름다움을.. 소중함을..
사람과 사람의 그 진심어린 마음을..
그 사랑을 기억하고.. 그 사랑을 노래하고..
그 사랑을 전해주는 사람..

단지 그것만으로.. 나 살아있음을 느낄 수 있다면..
그것이 하늘의 뜻이라면..

그렇게 '꽃향기나 전하는 인생'으로..
내 삶을 부여잡고 살아가야지..

철없는 인생 이야기나 한다고 비웃을지라도..
철지난 사랑 이야기나 한다고 무시할지라도..

그래도 사람의 향기, 사랑의 향기, 인생의 향기를 담아..
때론 노란나비가 되고.. 때론 파랑새가 되고..
때론 여린 바람이 되고.. 푸른 강물이 되어..

꽃향기 편지에.. 여린 바람에.. 푸른 강물에.. 띄어..
향기 고운.. 사람과 사랑과 삶의 이야기들을 전하야지..

그렇게 대단치 않고.. 보잘 것 없는 인생으로..
때론 한스럽고.. 때론 부러움을.. 갖고 살아가지만..

이제 나는 괜찮다고..
그렇게 꽃향기나 전하는 인생일지라도..

비록.. 아쉽고.. 서럽고.. 아프고.. 눈물겨운 인생살이일지라도..

그래도.. 끌어안고.. 견뎌가고.. 사랑하며 살아가야지..

그렇게 꽃향기나 전하는 인생일지라도..

그렇게 꽃향기나 전하는 인생이라도..

바람처럼.. 강물처럼..

그렇게.. 그렇게..

나는 나로 살아야지..

꽃향기라도 전하며 살아야지..

“내가 되고 싶은 사람은..”

– 오늘.. 여기.. 지금.. 함께 하고 있는 그 사람과...

그동안 우린 너무 심각 했어
그래서 잊고 지냈던 거야

삶은 우연한 기회에 얻어진
단 한 번의 축복인 것을...

그 소중함을 잊고
너무 어렵게만 생각했던 거야
너무 진지하게만 살았던 거야

비록 우연히 생겨난 인생이지만
그래도 삶은 참 괜찮은 행운이잖아

눈부시게 빛나는 햇살만으로도
푸른 하늘 함께 노니는 바람과 구름
맑은 강과 초록빛 산하를 보는 것으로도

따스한 밥 한끼만으로도
누구 한 사람 함께하는 것만으로도
여기 나 살아있음을 느끼는 것만으로도

이렇게 소중한 것들과
매일매일 함께할 수 있으니..

그렇게 이미 인생은 축복이잖아..
그러니 춤추고 노래하고 사랑만 해도
그것만으로도 인생은 괜찮은 거야..

스스로 만들어 놓은 틀 안에서
억지로 정해놓은 규칙대로만
굳이 사신을 옭아매면서까지

남들에게 보여주려고
신경 쓰지 않아도 될 것까지 고민하며
있는 척, 강한 척, 착한 척, 아닌 척
특별한척, 대단한척, 점잖은 척, 근엄한 척

위선과 가식으로 포장해가며

나도 속이고 남도 속이다가..
내가 누구인지 나도 모른 체..
나조차 나를 잊고 살기에는 아까운 거야

지금껏 어디로 가는지..
어디로 가야할지도 모른 체..

몸에 맞지 않는 옷을 입고
끝을 알지도 못하는 길을 향해
숨 막힘 속에서도 막연히 걸었던 거야

그렇게 지나가듯 살다 갈 수도 있지만
그렇게 살다가도 그만인 것이 인생이지만

그래도 축복 같은 인생인건데
그럴 수만은 없는 거잖아..

축복 같은 인생, 축복처럼 살아야지..
행운처럼 얻은 인생, 행복하게 살아야지..

비록 가진 것이 없다고 해도

할 수 있는 것이 별로 없다고 해도
이것저것 가로막힌 것이 많다고 해도

오늘.. 여기.. 지금..
나와 함께 하고 있는 바로 그 사람과..

현재 내가 갖고 있는 것만으로도
지금 할 수 있는 것만으로도
축복 같은 인생을 축복으로 살아야지

저 맑은 하늘아래, 저 푸른 강변을 걸으며
시원한 바람과 꽃과 벌들을 함께 느끼며

단지 그것만으로도
그렇게 할 수 있는 것만으로도..
행복하게 살아야지.. 사랑하며 살아야지..

“모두 다 내 몫인 것이기에..”

– 될 일은 되게 되고.. 안 될 일은 안 될 뿐..

될 일은 된다.

단지 시간이 걸릴 뿐..

안 될 일은 안 된다.

되는 듯해도 안 되고 만다.

억지로 무리하지 않아도

될 일은 자연스럽게 되고

안 되는 일은 아무리

열심히 애를 써도 안 되고 만다.

되는 일은 되어야할 때가 되었거나

될 만한 상황으로 운 좋게 되게 된다.

안 될 일이란 것도 안 되는 것이

오히려 더 낫기 때문에
결국 안 되는 것일 뿐이다.

그러니 그냥 할 일을 하면 될 뿐이고..
내가 할 수 있는 일을 열심히 하고..
가야 할 길을.. 갈 수 있는 길을 갈뿐이다.

그렇기에 무슨 일이 되었다고..
너무 좋아할 일도 아닌 거고..

어떤 일이 안 되었다고
너무 상심 할 일도 아닌 거다.

단지 원래 인생사가 그런 거다.
인생사가 그래서 세상사인거다.

될 일은 되는 거고..
안 될 일은 안 되기에..

그저 담담히 내 길을 걸을 뿐..
그냥 묵묵히 내 할일을 해갈 뿐..

결국 그것이 나의 인생이고..
되어야할 일이기에 결국은 되는 거고..
안 될 일이기에 안 되는 것일 뿐이기에..

된다고 너무 오만하지도 말고
안 된다고 너무 괴로워하지 말자.

그것이 모진 세파에 시달리는 세상사에서
덜 흔들리고 덜 상처 받는 방법이다.

그냥 사는 것이 그런 거다.
그렇게 때로는 쉽게 되는 거고..
또 때로는 아무리 애를 써도..
안 되며 사는 거다.

되면 그저 빙긋이 웃는 거고..
안 되며 허허 털어내면 되는 거다,

되는 일이든..
안 되는 일이든..
결국 모두 다 내 몫인 것이기에..

가장 소중한 내 몫인 것이기에..

너무도 소중한 내 인생인 것이기에..

“그 누구보다 더 외롭다는 것은 더 좋은 사람이라는 것..”

– 더 ‘좋은 사람’이기 때문에 더 외로워 할 수 있는 것...

그 누구보다 더 외롭다는 것은..
그래도 마음이 여리고 ‘착한 사람’이라는 것..

그래서 다른 사람들보다..
더 그리워하고.. 더 보고파하고.. 더 걱정하기 때문에..
그렇게 더 외로운 사람이 된 것..

모두가 나를 좋아하고 나를 사랑할 수는 없지만..
모두가 내 스타일을, 내 성격을, 내 인물을..
모두가 내 글을, 내 그림을, 내 사진을, 내 노래를..
모두가 내 웃음을, 내 눈물을, 내 감성을..
좋아할 수는 없지만..

그래도 더 많은 사람들에게 인정받고 싶어 하는 그런 마음..
혹시라도 그 누구에게든 인정받지 못하면..

그로인해 마음 아파하고..
슬퍼하고 괴로워하는 그 마음..

나도 모르게 그 누구에게라도 상처를 주었을까..
혼자 고민하는 그 마음..

바로 그런 착하고 여린 마음 때문에..
괴로워하고.. 마음 아파하고..
외로워하는 것..

그러니 비록 모두가 당신을 좋아하지 않는다고 해도..
모두에게 인정받지 못한다고 해도..
모두가 당신 마음을 몰라준다고 해도..

모든 사람들이 당신에게 손 내밀지 않거나..
손잡아 주지 않는다고 해도..
너무 마음 아파 마라..
너무 외로워 마라..

그런 것들로 인해 당신이 외로워한다는 것만으로도..
이미 '좋은 사람'이다.

그렇게 '좋은 사람'이기에 외로워 할 수 있는 것이다.

자기 자신만 아는 이기적인 사람은..
외롭다는 생각을 잘하지 않는다.

자기만 옳다고 생각하고.. 자기중심적으로만..
자기 이익으로만 생각하기에..
굳이 외로워할 이유도, 외로워할 감정도 없다.

하지만 배려심과 부드러움과 겸손함이 있기에..
함께 사는 세상에 대한 미련이 늘 남아 있기에..

사람들과 함께 하지 않으면..
한사람이라도 좋아하지 않으면..
외롭다 생각하는 것이다.

그러니 그런 외로움을 느끼는 것은..
그만큼 인간적이라는 것이고..
그만큼 사람을 좋아한다는 뜻이다.

그러니 뒤돌아 혼자 외롭더라도..

너무 외로워 하지마라..
그것만으로도 이미 외롭지 않은 사람이다.

이제 외로움을 스스로의 특별함으로 받아들이고..
스스로의 외로움을 착하기 때문에 생긴
'착한 외로움'으로 인정해야 한다.

분명 그 누군가는 그 '착한 외로움'을 알아줄 것이다.
그리고 그 외로움을 알아주는 그 사람도..
그런 외로운 사람을 기다리고 있을 것이다.

외로운 그 사람이 먼저..
손 내 밀 때를 기다리고 있을 것이다.

그런 '착한 외로움'으로..
사람을 그리워할 줄 아는 사람이기에..
단지 먼저 말하지 못하는 그런 여린 사람이기에..
똑같이 외로운 마음이지만..
그 마음을 표현하지 못했을 수 있다.

사람을 좋아하면서도 '착한 외로움'을 앓고 있다면..

그런 '착한 외로움' 때문에 외로워하고 있었다면..
그 착한 마음만큼 좋은 사람이..
착한 그 마음을 좋은 마음으로 기다리고 있다.

착하게 외로운 사람끼리 서로 기대면 된다.
그래서 그나마 덜 외로운 그런 만남이 되면 된다.

외로워서 착한 사람끼리..
착해서 외로운 사람끼리..
착하게 외로워서 더 좋은 사람끼리..
이제 만나면 된다..

그리고 말하면 된다..
참 외로웠지만 다행이라고..
그 마음 알아주는 당신이..
그 외로움 알아주는 당신이..
그 외로움 함께 해주는 당신이..
그런 착한 당신이.. 그래도 고맙다고..

착해서 외로운 당신 덕분에..
이제는 덜 외로울 수 있다고...

“내 안의 ‘외로움’도 열심이었던 ‘나’만큼 외로웠기에..”

– 오늘은 ‘외로움’을 맘 편히 느끼며 ‘외로워’해도 된다...

이성에 대한 그리움으로든..
사람으로의 존재에 대한 외로움이든..
아주 외로운 날들이 있지..

마치 그 때 그 사람이 그리 말했던 것처럼..
원래 삶이 외로운 것이라 생각해도..
너무나 지독히 외로운 날들이 있지..

사랑이 떠나간 날도 그랬고..
이미 떠나갈 사랑조차 없는 날도 그랬지..
억지웃음으로 웃음 띤 자리를 마치고 돌아올 때도 그랬고..
세상 속의 관계를 억지로라도 유지할 수밖에 없었던
그 날도 그랬지..

어느 철학자인지, 예술가가 말한..

허위와 위선으로 가득한 세상 안에서..
그래도 살아갈 수밖에 없는 현실을 느끼며..
외롭다는 생각은 흔한 일이건만..

유난히 외로움에 지쳐 힘들었던 날이면
아무에게라도 묻고 싶어지지..

도대체 외로움은 어디서 오는 거고..
무엇 때문에 오는 건지..

어찌하면 그 외로움을 지우고..
견뎌낼 수 있는지에 대해..

그리고 외로움을 잊으려고..
누군가와 함께 어울려 술을 마시기도 하고..
책을 읽기도 하고.. 영화를 보기도 하고..
글을 쓰고.. 음악을 듣고.. 통화를 해도..

그래도 잊을 수 없는 외로움에..
아무리 열심히 일에 매달려도..
그러나 그것만으로는 안 되지..

결국 억지로라도 자기 합리화를 해보려..
존재의 본질이 원래 외로움이라며 포기하는 심정으로..
외로움 속에서도 사람을 만나거나.. 세상 밖을 내달리지..

그러나 그것으로도 안 되고.. 외로움은 지워지지 않고..
더 이상 그런 억지 외로움 치유조차 싫어지다가..
결국 자괴감에 빠지거나 무력감까지 생겨나지..

이런 과정을 겪는다면 정말 외로운 것이 맞지..
그러나 그 외로움을 가까운 서로에게는 거의 말 하지 않지..
외로움에 더해 소외감까지 더 해질까봐 두렵기 때문이지..

그래서 주위 사람보다는 오히려 낯선 사람에게 터놓거나..
익명으로 낯선 사람에게 그런 외로움을 고백하고는..
자신의 외로운 모습을 감추게 되지..

비록 외롭지만.. 더 큰 외로움을 피하려고..
더 외로워지는 것을 감수하는 어이없는 인간의 삶..

머리로든.. 가슴으로든.. 모두 외롭다고 말한다..
그리고 묻는다.. 그 외로움이 어디서 오는 것이냐고..

내가 사랑한 만큼.. 세상이 나를 사랑해주지 않았기에..

내가 그리워한 만큼.. 그 사람도 나를 보고파 해주지 않았기에..

언제나 내가 더 그리워하고.. 내가 더 보고파하고..

내가 먼저 말을 걸고.. 내가 먼저 다가가고..

내가 손 내밀어야 하기에.. 거기에 지쳐.. 외로움에 빠졌다고..

그냥 적당히 가깝고.. 적당히 친해져야 했는데..

단지 인간관계란 거기까지이고..

그런 식으로만 만나야 하는데도 불구하고..

차마 그러지 못하고.. 그것을 견디지 못해서 그런 거라고..

뒤돌아 미워해도 마주보면 웃으며 친한 척 해야 하는데..

그것이 세상살이고.. 그것이 나이 먹는 것인데도 불구하고..

거기에 적응 못하고.. 그런 만남들이 싫어.. 나 혼자 벗어나..

외로움을 택했다고..

그렇다.. 바로 그것이었다..

나를 지키고 싶다고..

내 마음 속 원래의 순수한 나를 지키고 싶다고..

외로움은 거기에서 시작 된 것이다..

그렇게 외로움은.. 나 자신의 가장 소중하고 여린 순수함이었다.

그래서 가장 순결한 내 영혼일 수도 있다.

아직 순수했던 나로 돌아가고 싶다고..

그렇게 순진하고 착했던 나를 돌아보라고..

나 자신을 잊지 말라고..

비록 나이가 들어도.. 난 '나'여야 한다고..

'나'는 '나'라고 나에게만 해주는 말일 수 있다.

그것도 차마 소리 지르지도 못하고 조용히 나에게만 건네는...

힘없는 투정 같은 어린 나의 소중한 고백일 수 있다.

그 외로움이 그렇게 외롭다고 말 했다는 것은..

지금 너무 많이.. 너무 앞만 보고.. 너무 힘들게 달렸기에...

잠시 내가 나를 잊고 있었기에.. 슬쩍 어깨를 가만히 잡으며..
이제 그만 '위로해 달라'는 나즈막히 들려주는 내면의 목소리..

그래서 이제 그 외로움을..
내 소중한 나의 감정이고.. 감성이고.. 순수함으로..
따스하게 안아주며 편히 쉬게 해주면 된다.

내 안의 또 안의 나인 그 '외로움'도
요즘 나만큼 외로웠던 것이다.

그 나만의 외로움이 더 외롭지 않게..
나만이 그 외로움과 함께해주면 된다.
그 외로움을 받아들이고 그 외로움을 느껴주면 된다.
그렇게 그 외로움을 안아주면 된다.

나도 사실은 외롭다고..
내가 나를 서로 안아주면 된다.

그렇게 서로 편안히 안아주고 가만히 있다 보면..
그 외로움은 자연히 마음을 풀고.. 다시 나를 위해..
고맙다고 슬며시 고개를 숙이며..
내 품속에 마음을 풀고 잠들 것이다.

그렇게 그 외로움의 날이 지나면..
다시 날이 밝고.. 일을 하고..
거리를 걷고.. 음악을 듣고..
영화를 보고.. 밥을 먹고..
술을 마시고.. 하하호호 웃기도 한다.

그렇게 외로움은 내 안에서 다시 잠을 잔다..
그리고 나는 외로움을 잠재우고 세상을 견뎌간다..

그렇게 나는 다시 세상 속의 나에게로 온다.
그래.. 괜찮다.. 이 외로움의 시간도 다시 지나고..
다시 눈부신 햇살에..
아직 살아 있음을 감사하며 살아가게 될 것이다.

이제 다시 지독히 외롭다고.. 나의 외로움이 다가올 때면..
그 외로움과 함께 하며.. 그 외로운 마음 그 자체를..

그대로 안아주면 된다.. '오늘은 외로워해도 된다..'라며...

그 외로움도 외롭다.. 그 외로움도 서럽게 울고 싶다..
서럽게 울고 나면 외로움은 다시 일어선다..

혼자의 시간을 느끼며.. 외로운 나를 마주 본다..
그리고 서로를 달래며.. 세상 밖에 얽힌 마음을 풀게 된다.

얽혔던 그 마음이 모두 풀리면.. 다시 샘솟는 용기와 힘으로..
다시 굳건함으로.. 나와 함께 세상을 살아갈 것이다.

외롭다.. 지독히 외롭다.. 그것은 살아있음이다..
그것은 아직도 나는 순수함이다..
나는 나다.. 나는 소중하다.. 깨우침이다..

나는 다시 세상 속으로 걷는다.. 다시 그렇게 걷는다..
외로움을 안고.. 나의 길을 걷는다..
오랜 연인처럼.. 가슴에 안고..
그래도 걷는다..

"어디 세상사 내 맘대로 되는가..
그러려니 사는 거지.."

– 이제는 '습관 같은 슬픔' 조차도 즐겨...

어디 세상사 내 맘대로 되는 것이 있는가..
될 때도 있고, 안 될 때도 있고..
그냥 그러려니 하며.. 맘 편히 사는 거지..
그러니까 삶이 고행이라 했던 거지..

그래, 산다는 것이 다 그런 거 아니겠는가..
그것이 인생이고, 꿈같은 길인지 알면서도 걷게 되는 거지..

그래도 부족한 나를 위해 마음 써주는.. 좋은 사람을 만났고..
그 사람의 진심을 느끼며 살면.. 그것으로 괜찮은 거지..
그게 또 사는 거고.. 인생의 재미 아니겠는가..

그래도 흔쾌히 도와준다는 사람이 있어 인생이 고맙네..
인생은 그렇기에 참 살아볼만한 것 맞지..

살면서 누군가 고마운 존재가 있고, 소중한 존재가 있다면..

누군가에게 고마운 존재가 되어주고, 소중한 존재가 되었다면..

누군가를 좋아했던 그 마음이 맞고.. 여전히 함께하고 있고..

함께하자고 손 내민다면.. 그 손 맞잡을 수 있는 사람이 있다면..

인생 나름대로 괜찮다고 믿는 거지..

때로는 살아있음을 느끼는 것만으로 삶이 슬플 수 있다는 것을..

그 누구보다 예민하거나 힘든 현실 앞에 선 사람들에게는..

삶은 더더욱 견디기 어려운 아픔인 것은 맞지..

하지만 함께 걷는다는 것..

단지 함께 아픔을 공감해주며 걷는다는 것..

그런 사람이 있다는 것만으로 큰 위로가 될 수 있지..

수고했음을.. 힘겨웠음을 알아주는 것만으로..

고마운 거지..

원죄처럼 슬픔을 안고 태어난 사람일지라도..
그 슬픔도 내 삶의 일부분으로 안고 가야 하는 것..

그런 슬픔이 있기에 누군가는 웃을 수 있는 것..
세상이 원래 그렇고 인생이 원래 그런 것..

그래서 어쩔 수 없는 그런 슬픔이 있다는 것을 안다면..
이제 그것조차도 즐겨.. 그런 슬픔조차도 즐기면 되는 거야..

늘 가슴속에 눈물은 흐르지만 참아야 하지..
운명 같은 슬픔을 즐기면 되는 거지..

언젠가는 웃음만 남아 있을 거니까..
사랑했던 기억만 소중하게 기억하게 될 거니까..

그 슬픔이 습관이 될 만큼 아프려면..
너무 많은 상처가 있겠지만..
그렇게 습관이 될 만큼 슬퍼하다 보면..
그 슬픔조차 안고 일어날 거다.

그 동안 참으로 많이 혼자 울었는데..
이제는 정말 더 이상 울지 않아야 해..

비록 눈물 나는 순간도 많고 울어야 할 일도 많겠지만..
이제는 웃어야 하고, 억지로라도 웃어 넘겨야 해..

눈물마저 웃음으로 넘겨 버릴 만큼..
슬픔조차도 즐겨..

비록 태어날 때부터 운명처럼 슬픔을 안고 살아가지만..
희망조차 없는 것은 아니잖아..

그래도 그 정도는 아니잖아..
살아가는 한 언제나 희망은 남아 있잖아..

그냥 슬픔조차 즐기며 살았다고 말 할 수 있으면..
눈물이 웃음보다도 아름다울 수 있지..

이제 눈물을 아픔으로만 생각지 말아야 해..
때로는 비도 와야 해..
매일 맑기만 해서 너무 건조하면 감동이 없어..

원래 감동은 눈물과 함께 오는 것..
감동 없는 삶도 황량한 삶이야..

크게 보면 모든 것이 좋은 거야.
잘나면 잘나서 좋고, 못나면 못나서 좋은 거야..
잘나면 얼마나 잘나고, 못나면 얼마나 못났나..
그냥 그렇게 사는 거야.. 그래서 삶은 다 좋은 거야.

그래도 내일은 오늘보다 더 좋아진다는 희망이 있어..
그것만으로도 삶은 행복한 거야..

그래서 슬픔은 그저 혼자의 몫..
아무도 안 볼 때만 광대처럼 그렇게 즐기며 울고..

주저앉는 눈물이기 보다는
다시 일어서는 눈물을 흘리면 돼..

그 눈물 때문에 다시 일어설 수 있는
그런 울음을 울면 돼..

이제는 습관 같은 슬픔조차도 즐겨..

그렇게 슬픔조차도 즐겨야 하는 것이 사는 거지..

그것이 바로 우리 인생이지..

"살아감이 좋은 이유들은.."

— 우리 살아감은 그래서 언제나 좋은 것이지..

살아감이 좋은 이유들은..
그냥 그것만으로 충분히 행복할 수 있기 때문..

사랑하며 산다는 것만으로도..
자유롭게 살 수 있다는 것만으로도..
충분히 행복한 것..

—————

꽃피는 날만 좋은 줄 알았더니,
잎이 푸르른 날도 좋더라..

산들바람만 부는 날만 좋은 줄 알았더니,
빗방울 촉촉이 흩날리는 날도 좋더라..

햇볕 따스한 날만 좋은 줄 알았더니,
함박눈 펑펑 내리며 흰눈 쌓이는 날도 좋더라..

그렇다. 살아가는 날은 모두 좋더라.
사랑할 수 있어 더욱 좋더라.

사랑하는 날은 모두 좋더라.
사랑 줄 수 있어 더욱 좋더라.

이렇게 나 살아가고 사랑하기에 오늘이 좋더라.
언제나 사랑하는 당신이 있기에 오늘도 좋더라.

그리운 당신이 있어 나는 좋더라.

수십억년 전부터 하늘이 부모이고, 구름이 누나이고,
나무가 친구인 저 땅을..
아무리 내 것이라 우겨봐야 어찌 내 것이 되겠는가..

겨우 백년도 채 못 머물다 떠나가는 것이 인생인 것을..
어찌 다 가지고 싶어 하고, 어찌 내 것이라 우기려 하는 걸까..

어제는 비 내렸으니 오늘은 개일 것이고..
오늘은 바람 부니 내일은 맑을 것이고..

그러면 되는 건데 왜 그리 걱정하는 걸까..

꽃 피고 새 날고 사랑하는 내 님 함께 있는데
행복하지 않을 이유가 무엇이던지...

오늘은 오늘이어서 좋고 내일은 내일이라서 좋은 건데..
오늘은 또 이렇게 잘 살아 있어서 좋고..
내일은 또 내일이 거기에 있기에 좋은 건데..

이렇게 오늘도 좋고, 내일도 좋은데
우리 삶이 행복하지 않을 일이 무엇 때문일까..

결국 바람 불고, 나비 날고, 꽃이 피고,
비가 오고, 눈이 오고, 햇볕 비추는 여기 이곳에..

나 살아있고 나 살아가면 언제나 좋은 것..
오늘도 바람은 불고 나비는 날고 꽃은 피고 있으니..

그래서 오늘도 좋고, 내일도 좋은 것..
사랑하는 사람 함께여서 더 좋은 것..
우리 살아감은 그래서 언제나 좋은 것..

“삶은 단지 축복인 것을..”

– 더 행복하게 살아야지.. 더 사랑하며 살아야지...

그동안 우린 너무 심각 했어
그래서 잊고 지냈던 거야

삶은 우연한 기회에 얻어진
단 한 번의 축복인 것을…

그 소중함을 잊고
너무 어렵게만 생각했던 거야
너무 진지하게만 살았던 거야

비록 우연히 생겨난 인생이지만
그래도 삶은 참 괜찮은 행운이잖아

눈부시게 빛나는 햇살만으로도
푸른 하늘 함께 노니는 바람과 구름
맑은 강과 초록빛 산하를 보는 것으로도

따스한 밥 한끼만으로도
누구 한 사람 함께하는 것만으로도
여기 나 살아있음을 느끼는 것만으로도

이렇게 소중한 것들과
매일매일 함께할 수 있으니..
그렇게 이미 인생은 축복이잖아..
그러니 춤추고 노래하고 사랑만 해도
그것만으로도 인생은 괜찮은 거야..

스스로 만들어 놓은 틀 안에서
억지로 정해놓은 규칙대로만
굳이 자신을 옭아매면서까지

남들에게 보여주려고
신경 쓰지 않아도 될 것까지 고민하며
있는 척, 강한 척, 착한 척, 아닌 척
대단한척, 점잖은 척, 근엄한 척

위선과 가식으로 포장해가며
나도 속이고 남도 속이다가..

내가 누구인지 나도 모른 체..
나조차 나를 잊고 살기에는 아까운 거야

지금껏 어디로 가는지..
어디로 가야할지도 모른 체..

몸에 맞지 않는 옷을 입고
끝을 알지도 못하는 길을 향해
숨 막힘 속에서도 막연히 걸었던 거야

그렇게 지나가듯 살다 갈 수도 있지만
그렇게 살다가도 그만인 것이 인생이지만

그래도 축복 같은 인생인건데
그럴 수만은 없는 거잖아..

축복 같은 인생, 축복처럼 살아야지..
행운처럼 얻은 인생, 행복하게 살아야지..

비록 가진 것이 없다고 해도
할 수 있는 것이 별로 없다고 해도

이것저것 가로막힌 것이 많다고 해도

오늘.. 여기.. 지금..
나와 함께 하고 있는 바로 그 사람과..

현재 내가 갖고 있는 것만으로도
지금 할 수 있는 것만으로도
축복 같은 인생을 축복으로 살아야지

저 맑은 하늘아래, 저 푸른 강변을 걸으며
시원한 바람과 꽃과 벌들을 함께 느끼며

단지 그것만으로도
그렇게 할 수 있는 것만으로도..
행복하게 살아야지.. 사랑하며 살아야지..

삶은 단지 선물이니까..
삶은 단지 축복이니까..

그래도 삶은.. 살아감은..
단 한 번의.. 축복이니까...

"이제는 그래도 된다.."

– 이미 충분히 열심히 살았으니.. 마음가는대로 해도 된다...

남들은 그러는 당신을 오해 할지 모르지만..
이제는 그래도 된다.. 당신이니까 그래도 된다..

이제는 욕심 부리며 살아도 되고..
이제는 자신을 생각하며 나를 보며 살아도 되고..
이제는 눈치 보지 않고 하고 싶은 대로 해도 된다..
어느 정도는 그래도 된다..

이미 너무 많이 세상에 손해 보고.. 참아 주었었기에..
이미 너무 많이 나만이 내려놓고.. 나를 비웠었기에..

늘 피해자였고.. 늘 약자였고.. 늘 손해보는 당신이기에..
그동안 착하게 살았고.. 의리 있게 살았고.. 참고 살았고..
아픔을 자기가 떠안으며.. 져주며 살고.. 힘들게 살았었다.

이미 많이 정직했으니까 이제는 비겁해도 된다..

이미 많이 힘들었으니까 이제는 쉬어도 된다..
이미 많이 성실했으니까 이제는 취해도 된다..
당신이니까 그래도 된다.. 이제는 그래도 된다..

언제나 불의에 맞서며 정의롭게 살고..
항상 더 힘든 사람에게 손 내밀어 준 당신이기에..

그렇게 더 편하고 더 풍요로운 삶의 기회를 내려놓았던 사람..
여전히 나이가 들어서도 자기를 챙기지 않고.. 별 실속 없이..
나누고 베풀고 손잡고 안아주고 위로해주던 사람..

그래서 이제는 욕심 부려도 된다..
당신과 어울리지 않는 세상살이와 다른 사람들에게..
실망해도 되고,, 원망해도 되고.. 분노해도 된다..

아파해도 되고 힘들어 해도 되고..
마음가는대로 하고 싶은 대로 해도 된다..

그러나 결코 스스로의 삶을 외면하지는 마라..

더 큰 자기 채움과 이룸이 없더라도..
반드시 살아남아라.. 끝내 살아남아라..

살아가는 것이 아프고 힘들어도..
그래도 살아 있으면 좋지 않으냐..

비록 막막한 어려움에 숨 막힐 때도 있지만..
그래도 사랑하는 사람이 있고.. 하고 싶은 것도 있고..
아직 남은 희망도 있으니 그래도 살아 있음이 좋지 않으냐..

더 멋진 삶을 살지 못한다 해도..
그래도 당신만이 할 수 있고.. 해야 할 일이 남아 있고..
아직도.. 당신을 믿어 주고..
당신을 그리워하는 사람도 있지 않느냐..

힘겨운 날들 속에서 그래도 즐거울 때가 있고..
참고 사는 남들의 계속이지만..
그래도 웃을 때도 있고.. 기쁠 때도 있는데..
그래도 그것 때문에라도 살아남아야지..

이제 그냥 당신만을 보며..

그 작은 행복만을 보면서라도 그렇게 살아남아라..

이미 그렇게 수 천억명이 살았었고..
그래도 행복하다 웃으며 살았었다..

그래서 모든 꽃들은 아름답다..
살아있는 모든 꽃들은 소중하고 아름답다..
그것만으로도 살아 있는 꽃 같은 당신 삶도 아름답다.

이제는 떠들어도 되고.. 비겁해도 되고.. 쉬어도 되고..
욕심내도 되고.. 덜 착해도 되고.. 성실하지 않아도 되고..

그냥 나를 위해.. 나를 바라보며 살아도 되고..
마음가는대로 해도 된다.

그동안 충분히 많이 참고 살았으니까..
이미 충분히 열심히 살았으니까..
이제는 그래도 된다..

이제는 그래도 된다는 것을..
자기 자신을 자기는 알고 있으니까..

그런 당신이니까 그래도 된다..

이제는 그래도 된다...

"홀로 걸으면 만나게 되는 것들.."

– 구름 밭, 뜨거운 황톳길도 소중하고 아름다운 길임을...

"홀로 걸으면 만나게 되는 것들.."

– 더 빨리 더 멀리 가지 못한 대신에 알게 된 삶의 진실...

남들이 가는 길을 가지 않겠다고..
비록 그 길이 '구름 밭', 뜨거운 황톳길이라도
나의 길을 가겠다고..

이미 한참 오래전에 썼던 그 시詩처럼..
그런 삶을 살았다.

운명의 예언 같은 그 시詩처럼..
거친 돌부리들이 박혀 있는 황토길..
늘 쏟아지는 땡볕 때문에..

그 길을 걷는 것만으로도..
숨 막히는 힘겨움에 지쳐 주저앉고..
툭하면 걸려 넘어지게 되는 아프고 쓸쓸한 길..

그래서 남들이 걷는 편한 길이 부러웠고..

쉽게 빨리 갈 수 있는 잘 포장된 길을 걷고도 싶었지..

하지만 그런 쉬운 길은 너무 멀리 떨어져 있었고..
거친 이 황톳길을 걸으며 만나게 된 것들은..
쉽사리 이 길을 떠날 수 없게 만들었지..

다듬어지지 않는 들길이었기에..
비록 돌부리에 걸려 넘어지거나..
지쳐 주저앉을 때 마다..

문득 마주 바라보게 되는
꽃들과 나비와 새들과 바람과 시냇물..

잘 닦여진 평평한 길이었다면..
이미 사라져 더 이상 볼 수 없고..
만날 수 없는 것들을 만나게 해준..
들판을 가로지르는 황토길..

그래서 거친 들길을 걸으면서도..
결코 힘들지라도 힘들지만은 않았지..

한낮의 숨 막히는 땡볕에..
타는 목마름으로 가슴을 치기도 했기에..

느닷없이 몰아치는 폭우에..
갈 곳 잃고 주저앉아 하늘을 원망도 했기에..
슬픈 길.. 아픈 길인 줄만 알았는데...

천천히 걷는 사람만이 볼 수 있는..
저 들판 나무들의 사연들을 보았고..

앉아 있는 사람만이 알 수 있는..
저 나무 아래의 꽃들의 표정을 알았고..

위를 올려다보는 사람만이 느낄 수 있는..
저 하늘 별들의 눈빛을 느꼈고..

귀 기울이는 사람만이 들을 수 있는..
작은 새들의 노래를 들었고..

혼자 걷는 사람만이 만날 수 있는..
내 마음의 솔직한 몸짓을 만날 수 있었지..

그런 만남들 속에서 얻은 것이..
인생에 얼마나 존귀한 것인지..

사랑이 얼마나 소중한 것인지에 대한..
의미를 깨우쳐준 깊은 만남이었지..

더 빨리 가지 못하는 서러움..
더 많이 더 멀리.. 가지 못한 대신에..
알게 된 삶의 소중한 진실이었지..

이제 그 소중한 만남들을..
삶의 기억으로 남긴다..

지친 황톳길도 소중하고 아름다운 길임을..
홀로 가는 이 길도 외롭지만 외롭지만은 않음을..

그래서 힘들었지만 힘들지만은 않은 길..
비록 홀로 외롭게 이 길을 걸었지만..

삶이 얼마나 절실한 것인가를..
행복이란 것이 얼마나 간절한 것인가를..

사랑이란 것이 얼마나 위대한 것인가를..

홀로 걸었기에 만나고 알게 되었음을..
그 외롭고 험난한 황톳길을 걸으며 배웠음을...

내가 왜 여기 살아가고 있고..
내가 왜 이런 삶을 견뎌야 하는 지에 대해서..
의문이 생길 때면..

황톳길을 걷다 지친 밤이면..
저 하늘 달빛은 나에게 말했었지..

그래도 괜찮다고.. 잘 해낼 거라고..
내일은 더 좋은 날이 될 거라고..

저 하늘 달빛을 보며..
홀로 걷는 밤길을 견뎠고.. 위로 받았듯..

이제 그렇게 홀로 걸으며 알게 된 삶의 이야기들이..
또 다른 누군가에게 달빛 같은 위로가 되고..
달빛처럼 안아줄 수 있다면..

달빛이 얼마나 푸근하고 소중한 것임을 알기에..
달빛처럼 누군가에게 희망을 전 할 수 있다면..
그런 소망을 안고 지금 이 길을 담담히 간다..

그래서 '나도 살아야겠다'라고..
그래서 '나도 살아 있노'라고..
아직도 황톳길을 걷는다..

이미 이만큼이나 무사히 잘 걸어왔으니..
별빛으로 달빛으로 여전히 이 길을 간다..

혼자이지만..
그래도 나와 함께..
나만의 길을 나 홀로 간다..

"비로소 자유롭게 되리라.."

– 고독했기에 내 삶을 알게 되리라..

고독하기에 깨우치게 되리라.
실패하기에 겸손하게 되리라.

아프기에 소중하게 되리라.
슬프기에 꽃피우게 되리라.

힘들기에 너그럽게 되리라.
서럽기에 일어서게 되리라.

외롭기에 안아주게 되리라.
눈물겹기에 굳건하게 되리라.

떠났기에 돌아보게 되리라.
끝났기에 시작하게 되리라.

그래서 비로소

자신을 더 깊이 보게 되리라.
세상을 더 넓게 보게 되리라.

더 높은 곳에서도 더 낮은 곳을 볼 수 있게 되리라.
낮은 곳에서도 부끄럽지 않게 되리라.
지금 여기 있는 나 자신을 이해하게 되리라.

그렇게 나를 알고 세상을 알게 되리라.
자신에게서도.. 세상으로부터도.. 자유롭게 되리라.

고통스러웠기에 자유롭게 되고..
고독했기에 내 삶을 알게 되리라.

세상에게서 떨어질 때면 세상에게서 버려지는 것이 아니라
세상으로부터 자유로워지는 것..

세상 밖으로 밀려난 것이 아니라
세상에게서 나를 되찾게 되는 것..

그렇게 삶은 세상에게서 자유가 된다.
비로소 살아감은 자유가 된다.

"'날개 짓'을 배운 진짜 이유.."

– 더 높이 더 빨리 날기 보다.. 더 자유롭게 날기 위해...

더 높이 날기 위해.. 더 빨리.. 더 멀리 가기 위해서..
'날개 짓'을 배우는 건 아니다.

'날개 짓'을 배운 진짜 이유는
더 자유롭게 날기 위해서다.

가끔 날개 짓을 배운 이유를 잊어버릴 때가 있다.
단지 남보다 더 높이, 더 빨리, 더 멀리 가기 위해서만..
단지 그러려고만 나는 법을 배운 것으로 착각 한다.

날고 있는 새, 지금 무엇을 위해 날고 있는가..
어디로 가고 있는 가..

어느새 많은 날개 짓이..
자유로운 날개 짓을 잃어버리고..

더 높이, 더더 멀리, 더더더 빨리만 날려는..
한쪽 방향으로만.. 굳어버린 날개가 되어 버렸다.

그것은 두려움 때문이다.
두렵기에 무리지어 날려하고..
더 높이, 더 빨리, 더 멀리 가려고만 한다.

혼자됨이 두렵고.. 미지의 세상으로 날기 두렵기에..
정해진 길을 벗어나는 것이 두렵기에..

날개가 굳어버리는지도 잊은 체..
그렇게 한쪽 방향으로만 날아간다.

그런 두려움을 내려놓고.. 나만의 날개 짓을 할 수 있을 때..
그 날개는 진정한 의미의 날개가 된다.

그래서 지금 어디에 있든.. 어디로 가든..
아직 자유롭게 날개 짓을 하고 있다면..

그렇게 자유롭게 날고 있는 것만으로도..
아름다운 날개 짓이 맞다.

은빛 날개가 아니라도..

크고 화려한 날개가 아니라도 괜찮다.

높게 날지 않아도 더 빨리 더 멀리 가지 않아도 괜찮다.

자유롭게 날고 있다면.. 그것으로도 괜찮다.

그게 원래 날개의 의미니까..

언제든 내가 그리던 세상으로 자유롭게 날기 위해..

굳어버리지 않은.. 자유로운 날개를 지키기 위해..

이미 절반을 지나서.. 돌아가는 길만이라도..

자유로운 날개 짓을 하려 한다.

자유롭게 날기 위해.. 혼자 나는 것은..

외로워지는 것이 아니라.. 고독해 지는 것이다.

고독해진다는 것은 외로워지는 것이 아니라..

자유로워지는 것이다.

자유롭게 날 때만이 날개는 자유가 된다.

자유롭게 나는 날개만이 자유다.

그렇게 진정 자유로운 날개는..
비로소 자유가 된다.

이제 이 날개의 주인은 나이다.
이제 이 날개는 나의 날개다.
이제 나의 날개는.. 자유다..

그렇게 날개는 날게 된다.
그렇게 날개는 날아간다.

날개는 자유다..
그렇게.. 자유다.

“행복하게 웃고 있는 그 마음,
그 순간이.. 바로 ‘우주’..”

– ‘나’ 자신인 내가.. 우주에 존재하는 이유이기에...

‘개미굴’에 어떤 ‘개구장이’가 물을 붓는다.
개미들은 비도 오지 않았는데 졸지에..
갑자기 물에 떠내려간다.

흐린 뒤 비가 오면 미리 준비라도 하는데..
아무런 대책 없이 예기치 않은 상황에 떠밀려 간다..

그 순간 철부지 ‘개구장이’는 세상에서는 철없는 아이지만
그 개미들에게는 ‘절대자’이며 ‘신’이며 ‘우주’인 것이다.

우리 인간도 더 큰 존재 앞에서는
무기력한 개미 한 마리와 다를 바 없다.

태풍이나 지진 쓰나미에도 수천, 수만의 목숨이
한순간에 무기력하게 휩쓸려 가버리는 미약한 존재일 뿐이다.

그런 미약한 존재에게 절대적 깨달음이라는 것이 있을 수 있을까..

그래서 그냥 살아 있는 순간..
바로 그렇게 스스로의 살아 있음을 느끼고
내 삶을 견뎌가는 것 자체가 위대한 것이다.
그 어떤 감동적인 깨우침이나 가르침 보다 위대한 것이다.

우주의 먼지처럼 미약한 존재들이
그렇게 절실하고 간절하게 살아가기에
살아가는 것 자체가 소중한 것이다.

아무 깨달음이 없는 평범한 사람도 세상의 변고를 겪으면 느낀다. 인간이란 존재가 정말 나약하기에 인생 별 것 아니구나..
그냥 '잘 먹고 잘 산다'는 말처럼
그냥 '잘 사는 것이 좋은 인생이다'라고..

그래서 자신의 위치에서 자신의 능력에 맞게 열심히 살아가는 것.. 사랑하며 보듬어주며 정답게 살아가는 것..
착하고 행복하게 웃으며 살아가는 것..

남의 눈에 머무르고 맞추려 억지 삶을 사는 것이 아니라
내 스스로의 삶을 살아가는 것..

그것이 존재이고 깨달음이기에..
이렇게 진리는 아주 간단하기에..
그런 명쾌하고 단순한 진리를 실천하며 살면
그것이 바로 완전한 삶을 살다가는 것이다.

읽는 것 보다 중요한 것은.. 읽은 것을 생각하는 것..
생각하는 것 보다 중요한 것은.. 생각한 것을 실천하고..
실천하는 것 보다 중요한 것은 그것이 일상이 되는 것이다.

수만권의 책을 읽고도 성인이 되지 못해도..
수십권의 책만으로도 성인은 될 수 있다.

위대한 성인들의 가르침대로 일상생활 속에 자연스레 살아가면.. 그것으로 그가 바로 성인들이 가르쳐준 참된 삶이다.

이렇게 삶의 가치는 아주 단순한 진리의 실천에 불과하다.

착하게 살아라, 사랑하며 살아라, 열심히 살아라..

행복하게 살아라.. 네 자신 스스로의 삶을 살아라..
이렇게 단순하고 명쾌하게 살면 그것이 바로 위대한 삶이다.

이제 모든 진리는 이미 위대한 성인이나 위인들이
모두 다 가르쳐 주었다.

이미 수천년 동안 가르쳐줄만한 모든 삶의 진리와 지혜를
전부 알려 주었기에 더 새로울 진리는 없다.

결국 진리를 모르는 것이 아니라 실천 하지 않는 것뿐이고
지혜를 얻는 것이 어려운 것이 아니라 실천하기가 어려운 것이다.

그래서 이제 삶을 어떻게 살아야하나 고민하기 보다는
위대한 성인들 말씀을 실천하며 잘 살아가면 된다.

백권의 행복학을 읽고 수십년 행복학을 공부한 것 보다..
늘 사람 좋게 웃으며 살아가는 사람..
사실은 그 사람, 그 자체가 진짜 행복한 것이다.

진짜 행복한 그런 삶의 모습이 살아감의 본질이고..

나와 우주와의 소통이고 우주의 존재 법칙이다..

세상 그 어떤 위대한 존재인들 내가 없는데 무슨 소용일까..
나 보다 더 소중한 존재는 없다.
내가 없으면 우주도 없다.

저 끝없는 '우주'조차도 '내'가 존재하기에 존재함으로..
결국 저 '우주'조차도 '나'를 위해 존재하는 것이 되므로..
그래서 '우주' 보다 더 소중한 '나' 자신이다.

내가 존재할 때만이 우주도 존재하기에..
그렇기에 '내'가 곧 '우주'일 수 있는 것이다.

그래서 '나' 자신이.. 밝고, 착하고, 순수하고.. 행복하게..
웃고 있는 그 마음, 그 순간이.. 바로 '우주' 그 자체다.

또 그래서 '나' 자신인 내가.. 우주에 존재하는 이유고..
나에게 우주가 존재하는 이유다..
그렇게 '나' 자신과 우주는 함께 존재한다.
최소한 '나' 자신에게만큼은..
우주가 나와 함께 존재한다..

"오늘 이 순간이 가장 아름다운 순간.."

– 살아가는.. 이 순간 보다 더 큰 소중함은 없다...

지금 살아있고.. 살아가는... 오늘 이 순간이 가장 아름다운 순간..

늘 이 순간은.. 내가 살아가고 있다는 것으로 인해..
가장 소중한 순간..

비록 힘들고 아픈 일이 있을지라도..
힘든 그 순간조차 세월이 흐르면 그리운 순간일테니..
지나고 보면 되돌아갈 수 없는 추억이고.. 기억일테니..

조용히 잠시 지나온 내 삶을 떠올려보면..
그립지 않은 날이 없고, 소중하지 않았던 순간은 없었다..
모두 다 소중한 내 인생이었기에..
가장 사랑한 내 삶이었기에..

그래서 늘 이 순간도 아름다운 삶의 순간이라 생각하고..

오늘을 후회 없이 즐겁고 행복하게 살아야 한다.

비록 외로운 일도 있고 어려운 일도 있는 삶이지만
그래도 사랑하며 살아야 하고...
더 소중한 시간들로 보내며 살아야 한다.

그래서 오늘 나와 함께 하는 그 사람과.. 그것들과..
더 소중한 순간으로.. 더 소중한 마음으로.. 보내야 한다..

지나고 나면.. 화내고, 힘들고, 눈물짓던 순간조차도
소중하고 그리운 시절..
하물며 사랑하고, 기뻐하고, 웃고, 행복한 시간인들
더 말해 무엇 하리...

그 어떤 일들이건 그 어떤 날들이건..
그것조차 내 삶의 일부분이니까..
그리워질 내 삶의 순간들이 될테니까..

'존재하고 있다'는 그 자체의 위대함 앞에..
그 어떤 이유도 대단하지 않고 부수적인 것에 불과하기에..

내 삶이 존재하고 내가 살아가는 그 자체보다..

살아가는 날들 보다.. 살아있는 순간 보다.. 더 소중한 것은 없다.

오늘도 길옆에 활짝 핀 꽃들이 정말 봄이 맞다며..

봄볕 가득 머금고 환하게 웃으며 노래를 부른다..

봄은 살아 있음이라고.. 봄은 행복이라고..

그렇게 살아있고.. 살아가는 행복이라고..

비록 봄의 순간이 지나면 꽃이 져버리기도 하지만..

또 한해를 견디며 내년을 준비해 새봄을 맞는 모습..

우리 삶의 모습도 그러하기에..

굴곡진 삶을 살아가는 인생 속에서도..

충분히 희망으로 느낄 수 있는 것이다..

오늘도 살아 있고 살아간다..

그렇기에 오늘 이 순간은 소중한 순간이다.

늘 이 순간은 참 소중한 순간이다.

그래서 살아감은 늘 소중하다.

살아가고 있는 오늘도 행복하길..

살아있는 것만으로도 충분히 소중한 오늘이니까..

언제나 소중한 오늘 이 순간이니까..

“인생, 뭐 있어.. 그냥 사는 거지…”

– 그래도 사랑 했고.. 사랑 주었으면 그만이지……

무엇을 위해 사는지..
어찌 살아야 하는지 모르겠다고..
사람들은 말한다.

그런데.. 삶은..
그냥 사는 것일 수도 있다.

말 그대로 그냥 사는 것이다.
60억년 지구의 인생에 사람의 인생 100년이라면..
뭐 그리 대단한 것이 아닐 수도 있다.

그래서 그냥 그렇게 살면 그나마 다행이기도 하고..
그냥 그렇게 사랑하며 살아가는 것만으로도..
아름다운 삶 일 수 있다.

거기에 더불어..

"한 때 이곳에 살았음으로 해서..
단 한 사람의 인생이라도 행복해지는 것.."
이것만으로도 만족하고.. 고마울 수도 있다.

이것을 허무주의자라고도 할 수 있지만..
어쩌면 그것이 인생일 수 있다.

그러니 우리 너무 아파하지 않고..
너무 욕심내지 않고..
너무 부담 갖지 않고 사는 것이 좋다.

살면서.. 사랑하고..
사랑 받지 않았던 인생이 어디 있겠는가..

역시나.. 살면서.. 상처주지 않고..
상처받지 않은 인생이 어디 있겠는가..

그래도 사랑 했고.. 사랑 주었으면 그만이지..

비록 상처 받았을지라도..
미련 없이 사랑 했고..

후회 없이 살았으면 그만이지..

그러면 된 거지..
그렇게 착하게 사랑하며 살면 되는 거지..

착하게.. 배려하고.. 사랑해서.. 함께해서..
상처 받고.. 상처 남은 것을.. 어쩌겠는가..

내가 나누어주었고.. 내가 더 사랑해서..
내가 상처받았는데.. 더 이상 어쩌겠는가..
오히려 아름다운 사랑의 상처쯤은 남겨져 있어야..
아름답고 멋진 인생이지..

그래시 그냥 사는 것일 수 있다.
그냥 살아가는 것으로도 아픔일 수도 있지만..

살아가는 것으로도 행복일수도 있을 때가 있다.
그래도 인생이니까..

그래서.. 지금까지.. 지금도.. 살아가는 것..
단지.. 그냥.. 그것으로도 좋은 것일 수 있다.

어쩌면 그것이 인생일 수도 있기에...

사람들이 흔히 하는 말이 있다.
"인생, 뭐 있어.."

인생이 특별한 것이 없을 수도 있다.
하지만 그냥 사랑하는 것 자체로도 특별한 거고..
그것만으로도 소중한 것이 인생이다..

세상사.. 인생살이.. 뭐 있어..
그냥 사는 거지..

사랑하며 살면..
고마운 거지..

"'산을 오른다는 것'은 정상이 아닌 '나에게로 가는 길'.."

– 그냥 내 자신을 만나고 내 자신을 느끼려.. 산을 오른다...

산을 오르다 보면.. 차츰 느껴지지..
정상까지 가기 위해 산을 오르는지 알았는데..
그냥 온몸으로 산을 느끼려 산을 오르고 있다는 것을..

가다보면 풀꽃, 가다보면 다람쥐, 쉬다보면 소나무..
또 오르다보면 옹달샘..
그렇게 산을 느끼고 나를 느끼며 산을 오르지..

지나온 시간 돌아보고 내일도 생각하며 산을 오르다..
지나쳐 오르는 사람들에게는 손 흔들며 인사를 하지..

먼저가도 좋고, 나중가도 좋지..
단지 오르고 있는 나 자신을 느낄 뿐...
옹달샘에서 물도 한 모금 마시다가 다시 산을 오르지..

가쁜 숨으로 흘러내리는 땀방울들에 점점 젖어가다 보면..
점점 힘은 들지만 고통만큼 내 나태함을 반성하게 되지..

숨이 막힐 정도로 더 힘들어지고 땀에 흠뻑 젖다보면..
다른 생각할 틈도 없이 온전히 나를 느끼게 되지..
오직 나만을 느끼며 그렇게 산을 오르지..

끝내 가쁜 숨 몰아쉬고 정상에 올라서면..
그래도 잘 참고 올라온 나를 쓰다듬게 되고..

산들바람에 땀방울 식혀 날리다보면..
그 사이 넉넉하고 평온한 마음이 되어..
우리 사는 삶도 이런 것이 아닐까하는 생각도 들지..

산을 오르다보면 욕심으로 더 빨리 가고 싶고
더 앞서고 싶은 마음도 생기지만..

억지로 무리하다보면 잠시 빠를 수도 있지만
오히려 중간에 지쳐 포기하게 될 수 있기에..

너무 앞서면 교만해지기도 하고

산행의 기쁨을 잊어버릴 수도 있기에..

너무 앞서려 하지도 않고
뒤 떨어진다고 포기할 필요도 없지..

그냥 나만의 발걸음으로 내 호흡에 맞추어 걷지..
단지 나 자신을 온전히 느끼려 산에 오르고
그 자체를 즐기면 되는 것..

정상에 먼저 오른들 내려올 일 밖에 더 있는가..
그러니 빨리 오르지 않아도 좋고 늦어도 좋은 것..

남들보다 뒤쳐져 서러울 수도 있고
너무 어두워서 걷기 곤란할 수도 있지만..

나를 느끼고, 나를 확인하고, 이 숲의 위대함과..
세상에 소중함을 공감하고 느끼면 되는 것..

그래서 정상에 오를 때 까지..
더 빨리가기 보다는 끝까지 가겠다는 마음으로..
지쳐도 포기하지 않고 꾸준히 오르면 되는 것..

인생도 마찬가지..

그렇게 포기하지 않고 나를 느끼며

열심히 살면 되는 것..

먼저 간다고 부러워 말고.. 늦는다고 아쉬워 말고..

내려올 때도 조심히 둘러보고 돌아보며..

그렇게 산행 자체를 느끼면 되는 거지..

억지로 더 빨리 무리하지 않고

내 능력만큼만 오르면 되지..

산을 오를 때와는 달리..

내려올 때는 안전이 가장 우선이듯..

인생의 정상에 서면 겸손하게 주위를 둘러보고..

나누고 베풀면 보다 더 행복해지는 것..

정상에 서기보다 나 자체를 느끼는 것이

가장 큰 소중함이기에..

살아있음의 소중함을 느끼며..

지금 살아있기에 또 내 삶을 느끼며 산을 오르면 되지..

그래서 또 열심히 살아 보리라..
어렵게 산을 오른 후 흐르는 땀방울을 뿌듯해 하며
열심히 오르는 나를 느껴 보리라..

나를 느끼다 보면 늦고 빠르고도 느껴지지 않고
나에게로 가는 나만을 온전히 느껴지기에...

산행 후에 느껴지는 상쾌함을 알기에
그 기쁨을 위해 고통을 참으며 산을 오른다.

나무와 바위와 풀꽃들과 옹담샘과 다람쥐와 산새들이
모두 서로서로 얽혀 있는 것들을 보며..
더불어 사는 것을 배운다.

그래서 산행은 '정상'이 아니라..
'나에게로 가고 있는 길'이다.

나를 보고, 나를 세우고, 나를 느끼고..
나 자신에게로 온전히 다가가는 것이 '산행'이다..
'인생' 역시도 그러하다.

그렇게 산을 오르듯 나 자신을 느끼고..
살아감의 소중함을 느낀다..

내 속의 내 자신을 느끼며..
내 속의 내 마음의 소리를 들으며..
세상 속의 그 길을 오른다.. 인생길을 오른다..

내 인생의 나를 만나.. 나와 함께..
내 삶의 산을 오른다..

"마음의 목마름은 그저 맑은 샘물로도.."

– 맑은 샘물로 가슴까지 시원해 질 수 있기에....

아침 숲속을 걸어보면 알게 된다.

아침 숲이 주는 그 신선한 나무 향과 아침 공기의 그 청량함 덕분에 가슴 속까지 맑아지는 듯한 느낌이라는 것을...

좋은 글을 읽는다는 것도 그렇다.
깨끗한 '소나무향' 진한 아침 숲을 걷는 것과 같다.
천천히 숲길을 걸으며 도심 속에 지치고 때 묻은
내 몸과 마음을 천천히 씻어준다.

밤새 맑게 깬 나무와 꽃들과 바위들을 보고
산새들의 노래를 들으며 걷다보면..

처음에는 단지 마음만 맑아지다가
시간이 길어질수록 여러 생각에 잠기게 되고..
깊은 명상에 빠져든다.

좋은 글을 읽고..
그 글이 전해주는 편안한 느낌과 소중한 의미를
마음으로 되새기는 것 역시..

마음에 묻은 온갖 얼룩들을 씻어 주는 것을 넘어..
어디로 가야할지와 어떻게 가야할지에 대해 답해준다.

하지만 깨끗한 숲길을 다녀온 시간이 길어질수록..
상쾌했던 마음이 떨어지고 일상에 지쳐 가듯이..
좋은 글을 멀리했던 시간이 길어질수록
마음에도 또다시 때가 묻는다.

그래서 깨끗한 몸과 마음을 유지 하려면
꾸준히 맑은 산길을 걷듯..
꾸준히 좋은 작품들을 감상하며..
자기 자신과의 대화를 즐겨야 한다.

아주 단순하거나 유쾌하기 만한 글들을 읽거나
가볍고 재미나기만한 매체를 즐기는 것은..
청량음료를 마시는 것과 같다.

마실 때는 톡 쏘는 듯 자극적으로 시원하지만..
돌아서면 그뿐.. 여전히 목마름은 사라지지 않고..
오히려 의존성과 중독성만 늘어간다.

마찬가지로 가볍고 단순하고
재미있기만 한 것들을 즐긴다는 것은..
마음의 허전함을 채워주기 보다는
마음의 허전함을 잠시 잊게 해 줄 뿐이다.

내 마음의 샘이 채워져 있어야
목마름이 생겨도 계속 채워줄 수 있지만..
내 마음의 샘이 비어져 있으면
또 여기저기를 기웃거리게 된다.

그래서 내 마음의 샘을 채워 놓기 위해서는..
가볍고 재미있고 단순한 음료수를 채우기 보다는..
진지하고 깊이 있고 무거운 듯하지만..
깨끗하면서도 맑은 지혜의 샘물을 채워야 한다.

그래야 목마름이 있을 때 마다.. 잠시의 시원함이 아닌..
맑은 샘물로 가슴까지 시원해 질 수 있기에..

“나를 위해 떠나야지.. 바람처럼.. 강물처럼..”

– 하늘과 바람과 강과 꽃들이 모두 내 차지...

구름처럼 흘러가는 건 세월,

기차처럼 달려가는 건 세상인데..

겨우겨우 뒤따라 헐떡이며 뛰고 있는 건 인생..

저 만치 뒤늦게야 어슬렁이며 걸어오는 건 성공..

그래서 세월은 빠르지만 성공은 늦고,

간신히 뒤늦게 성공을 이루었어도..

이미 세월과 세상은 저 멀리 앞서서

나를 기다려주지 않고 자기 혼자 달려간다.

자동차가 빨리 달리는 것만큼

차창 밖 풍경을 볼 수 없는 것이 당연한 이치인데..

스쳐 지나는 풍경을 아쉬워하면서.. 빨리 달리지도 못하고..

풍경 구경이라도 제대로 하는 것도 아닌..

무엇 하나 확실하지 않게 어딘지도 모르고 달려간다.

삶의 성공도.. 그렇다고 삶의 자유도..
무엇하고 제대로 얻지 못하고 살아간다.

철학자 '니체'는 말했다.
"어느 시대에도 그러했듯이..
오늘날에도 모든 인간은 '노예'와 '자유인'으로 분할된다.

왜냐하면 하루의 3분의 2를 자신을 위해 쓰지 못하는 자는
노예이기 때문이다."

하루의 3분의 2는 커녕..
하루의 10분의 2도 자유롭게 살기 힘든 삶..

어쩌면 인생은 내가 좋아하는 일을 하기 위해..
좋아하지 않는 일을 감수해야 하는 것일 수도 있다.

행복하게 여행을 다니기 위해..
어딘가에 얽매여 돈벌이를 해야 하고,

좋은 사람과의 즐거운 만남을 위해..
별로 유쾌하지 않는 만남의 시간을 견뎌야 하고,

더 자유로운 삶을 살기 위해..
수많은 억압에 저항해야 하는 것..

하긴 더 뛰어난 재능이라도 갖고 태어났다면..
그렇게 세상과 삶에 뒤처지지는 않고
좀 더 자유롭게 살았을 건데..

뭐 그렇게 태어나지 못한 것을 어쩌겠는가..

이만큼이라도 세상의 진실을 알고
소중함을 알면 되는 거지..

훨씬 더 뛰어난 사람도..
안타깝고 억울하게 그렇게 살다갔는데..

원래 세상사 다 그렇게 바람처럼..
구름처럼 흘러가는 것 아니겠는가..

세상살이란 성공의 영광만큼 무거운 책임을 짊어진 것이고..
그 무게를 견디는 것도 쉬운 일이 아니기에..

인생은 "무거운 짐을 지고 먼 길을 가는 것과 같다"라는 말처럼..

그냥 그런 것이 인생이라 생각해야지..

하지만.. 늘 그렇게 단지.. 먹고 살기 위해..

몸과 마음이 모두 얽매여 살기에는..

우리 인생이 너무 아깝고 안타깝다.

인생은 자유를 찾아가는 여정일진데..

그 무엇에도 구애받지 않고 나의 삶을 살아가는 것..

나만의 내 삶을 살아가는 것일진데,,

언제나 그렇게 지친 몸과 메인 마음으로 살 수는 없다.

그 어떤 생명도 소중한 이유가 있다고 말하고 있는..

그 어떤 생명도 자유로워야 한다고 말하고 있는..

바람은 싱그럽고.. 꽃들은 화사하고.. 입술은 향긋한..

햇살 좋은 날에는 더더욱..

그래서 햇살 좋은 날에는 더더욱 삶이 자유로워야 한다.

햇살 좋은 오늘만이라도 자유로워야 하고..

햇살 좋은 오늘만이라도 행복해야 한다.

"나는 아무것도 바라지 않는다.
나는 아무것도 두려워하지 않는다. 나는 자유이므로..."라고
'그리스인 조르바' 저자 '카잔차키스'는 묘비명에 적었지만...

하지만 햇살 좋은 오늘만큼은 나에게도 바라는 것이 있다.
느긋한 마음으로.. 여유로운 발길로.. 강바람을 누릴 것이다.
그리고 세상과 삶을 자유롭게 느낄 것이다.

저 하늘과 바람과 강과 꽃들은 마음껏 내 차지라고,,
그래서 저 아름다운 세상을 마음껏 누릴 거라고..

햇살 좋은 날에는.. 바람처럼.. 좀 더 자유로워야지..
햇살 좋은 날에는.. 강물처럼.. 좀 더 행복해야지..

햇살 좋은 날의 강물처럼.. 햇살 좋은 날의 바람처럼..
그렇게 나에게로 떠나야지..

"삶이 주는 선물.."

– 이 모든 것들을 삶을 살아냄으로 얻게 되었다...

보지 못했던 것을 보게 되었다.
듣지 못했던 것을 듣게 되었다.

느끼지 못했던 것을 느낄 수 있는
깊은 눈과 열린 귀와 넓은 마음을
삶을 살아냄으로 얻게 되었다.

천천히 물 흐르듯 살아도 괜찮다는 것
잔잔히 바람이 지나듯 살아도 좋다는 것

더 비우며 살아야 된다는 것은
불행보다는 행복일 수 있는 것
더 갖지 않아도 된다는 것은
아픔이기보다 축복일 수 있는 것

이미 이대로도

사는 것이 참 좋다고 느끼는 것
지금 이것으로도
행복하게 살아갈 수 있다는 것

이 모든 것들을
삶을 살아냄으로 얻게 되었다.

이제 더 이상 조급할 필요가 없기에
이제 더 이상 매달리지 않아도 되기에
지금 이대로도 편해질 수 있다는 것.

그래서 더 겸손해야 한다는 것
그래서 더 고개 숙이며 더 낮은 곳으로
함께해야 한다는 것을 알게 되었다.

굳이 먼저 가지 않아도
굳이 더 높이 오르지 않아도
굳이 더 많이 쌓아가지 않아도

굳이 매달리지 않아도
굳이 잡으려하지 않아도

행복할 수 있음을 이제는 알게 되었다.

그렇다.
놓쳐버린 것이 아니라 굳이 잡지 않는 것이었다.

그랬다.
초라해지는 것이 아니라 자유로워지는 것이었다.

그렇게 삶은 작아졌지만 마음은 더 넉넉해졌다.
그래서 밖으로는 약해졌지만 속으로는 더 강해졌다.

이렇게 너무도 평범하지만 쉽사리 깨닫기 어려운
삶이 주는 선물 같은 깨우침이 있었다.

마치 꽃피고 익어가 알차게 맺어진 열매처럼
오랫동안 황톳길을 걷다가 얻은 편안한 휴식처럼

더 긴 세월을 살아봐야만 인정하게 되는
더 살아봐야만 느낄 수 있는 행복이 있었다,

내세울 것도 자랑할 것도 별로 없을지라도
그래도 사는 게 참 좋다고 말 할 수 있게 되었다.

그래서 삶의 무게는 그대로지만
그래도 그 무게가 그렇게 무겁지 만은 않다.
늦지만 더디지만 그대로의 내 삶을 음미하면 된다.

이 모든 것이 긴 세월을 참고 견뎌낸 사람에게
삶이 주는 훈장 같은 선물이었다.

그래도 가슴으로 삶을 살아냈기에 주는..
선물 같은 행복이었다..

덧붙이는 글

1. 나에게..

어떤 삶을 어떻게 살고 있냐고 묻는다면..

– 부족하지만 자유롭게.. 쓸쓸하지만 그래도.. 담담히 삶을 쓰면서 산다...

누군가 나에게 어떤 삶을 어떻게 살고 있냐고 묻는다면..

만약, 역사 속 인물 둘 중에서 누구처럼 살고 있냐고 묻는다면..

나는 추사 '김정희', 또는 다산 '정약용' 같은 삶을 산다고 말할 것이다.

물론 그 정도로 대단한 인물도 못되고 그런 천재성도 없지만
내 삶의 지향점이 그 분들처럼 살고 싶다는 것이다.

추사 '김정희'는 8년 넘는 제주도 귀양살이와
이어진 1년여의 함경도 유배를 겪으며 추사체를 완성했고,

다산 '정약용'은 18년간의 전남 강진 유배를 견디는 동안
'목민심서'를 비롯한 방대한 저서 집필을 이루어냈다.

추사 '김정희'와 다산 '정약용'이 절망적인 귀양살이를
예술과 창작과 집필에 대한 집념으로 견뎌냈듯이..

나 역시도 삶의 숱한 시련과 실패의 순간마다..
세상에 외면 받고 사람들에게서 멀어질 때마다..
큰 재주는 아니지만 나를 지켜주는 것이 있었다.

평범하지도 순탄하지도 않은 부침 많은 삶이었기에
내 운명을 원망도 했고, 그 운명을 바꿔보려고도 했었다.

실패와 불운의 반복으로 삶이 고달프고 힘겨울 때마다
나에게 위로가 되고 길잡이가 되어줄 무언가가 필요했고,
역사 속 인물들이나 고전 어록에서 그런 분들을 만나게 되었다.

먼저 살아낸 그 분들은 나보다 훨씬 더
극한 시련의 삶을 살면서도 담대히 견뎌냈고

그 속에서도 소중한 열매를 맺고 위대한 발자취를 남겼기에
나도 그렇게 끝내 견뎌내어 내 삶의 열매를 맺고 싶었다.

삶은 그렇게 지독히 힘든 운명일지라도
견뎌내고 넘어서야할 자신만의 이유가 있는 것이고

그만한 의미와 가치가 있는 것임을
더 긴 세월을 시련으로 감내한 뒤에야 깨닫게 되었다.

그 분들이 고통의 세월을 견디며 글씨를 쓰고 글을 썼기에
그렇게 거친 고난 속에서도 꽃을 피우고 열매를 맺었기에..

그들의 처연한 삶이 눈물로 알알이 영글어진 작품들을 보며
더 큰 감동을 느끼고 가슴 뭉클한 위로를 받게 되는 것이다.

그렇듯 그 자신에게는 절절한 고난 속의 힘겨운 삶일지라도
또 다른 누군가에게는 희망과 위로의 삶의 이유가 될 수 있는 것이다.

삶의 아픔을 담담히 견뎌내며 완성시켜가는 그 자체만으로도
아름다운 감동이 되고 가슴 저린 공감이 될 수 있는 것이다.

'추사'와 '다산'은 귀양살이로 권력을 잃고 시련에 빠진 대신에
'추사체'라는 위대한 예술을 얻었고 위대한 저서를 세상에

남겼다.

결국 그들이 잃어버렸기에 세상은 얻게 된 것이다.
그들이 부귀를 잃었기에 세상은 아름다운 작품을 얻었다.

그들이 고난으로 힘겹고 고통스러웠기에 세상은 위대한 예술을 얻었다.

기나긴 시련을 묵묵히 감내하며 담담히 작품으로 담아냈기에
후대사람들에게까지 진한 감동과 위로와 가르침으로
시련에 빠진 사람에게는 희망이 되어주고,
갈 길을 잃고 헤매는 사람에게 이정표가 되어준 것이다.

어쩌면 바로 그것이 세상이 그 분들에게 시련을 준 이유였고,
더 위대한 작품을 위해 시련을 감내해야 할
그분들의 운명이었던 것이다.

그러니 지금 내 삶이 시련 속에 힘들다고 너무 괴로워 말고
이런 시련조차도 내 삶의 일부로 받아들이며 스스로를 숙성시켜

그 분들이 시련과 고난을 담아냈기에 더 감동적인 작품을 만들었듯..

시련과 고난을 원망하기 보다는 그것을 통해 더 완숙한 내가 되어
또 다른 누군가에게 작은 위로나 공감이라도 되어야한다.

그렇게 그분들의 삶과 작품은 '삶이 무엇인가'를 고민하는 나에게
삶과 예술과 운명이란 '이런 것이다..' 라며 깨우침으로 다가왔다.

그래서 비록 그분들만큼 위대한 예술적 성취를 이루지 못하고,
위대한 저술을 남기지도 못 하고, 세상에 남겨지지 못할지라도..

설령 그보다 훨씬 작고 많이 볼 품 없을지라도..
단지 내 그릇에 맞게라도..
나도 누군가에게 공감이나 위로가 되고 싶다.

천재들의 '성공 이야기'가 아닐지라도..
평범한 사람의 진솔한 이야기에서도..
공감할 수 있고 위로 받을 수 있다고 믿기에
평범한 사람의 진솔한 삶에 이야기를 전하고 싶다.

그래서 기약 없는 귀양살이를 했던 '추사'와 '다산' 선생이
서예와 집필이라는 버팀목으로 시련의 세월을 다듬었듯이
나도 그렇게 거친 삶의 순간순간마다 그 분들처럼 글을 쓴다.

시련과 실패로 좌절하고 초라한 모습으로 견뎌낸 세월이지만
이렇게 견뎌내는 것만으로도 나름 의미 있는 삶이라고 믿으며..

불의에 휩쓸리지 않고 견뎌내고 있는 것만으로도 괜찮은 거라고..
부족하지만 힘든 세월을 지금껏 버티고 있는 스스로를 위로 한다.

그래서 누군가 나에게 어떤 삶을 살고 있냐고 묻는다면..
내 시련으로 익혀낸 열매와 결실을 세상 속에 나누고 싶다

고..

어차피 우주의 먼지로 살아가는 인생이고 무의미하게 끝나는 삶일지라도..

설령 그런 세상사일지라도 함께하는 사람들과 함께 했던 사람들에게

내가 할 수 있는 만큼만으로.. 그것만이라도 나눌 수 있다면..
그것으로도 괜찮다고.. 그렇게 살아가고 있다고 대답할 것이다.

그런 마음으로 꾸준히 글을 쓰다 보니 내가 쓴 글을 통해..
우선 그 누구보다 먼저 내 자신이 위로 받고 희망을 얻게 되었다.

그래서 이제 그 다음으로는.. 나와 비슷한 삶을 사는 사람들도..
내가 받았던 위로와 공감과 희망을 느낄 수 있을 거라 믿는다.

그것이 이 세상 사람들에게 내가 전해줄 수 있는 위로고 나눔이다.

그래서 또다시 부족한 내 삶을.. 무명초의 삶을 견뎌간다.

그렇게 부족할지라도 쓰고, 부끄러울지라도 세상에 내보낸다.

그래도 그냥 떠나가기에는 삶이란 너무 소중한 거니까..

그렇게 여전히 나는 쓰면서 산다..

사막을 건너는 거북이처럼 담담히 걸으며..

무리를 이탈한 늑대처럼 묵묵히 견디며..

부족하지만 자유롭게.. 쓸쓸하지만 그래도..

나는 내 삶을 산다.. 그래도 나는 산다..

여전히 글을 쓰면서 산다..

담담히 삶을 쓰면서 산다..

2. 그리고..

당신의 새 길을 응원합니다.

- 그 길을 지나왔기에 더 새로운 선택을 할 수 있으니...

이렇게 될 줄 몰랐기에..
다시 저렇게 될 수도 있는 것입니다.

힘들었기에 다시 좋을 수도 있는 거고..
어려웠으니 이제 행복할 수 있는 것입니다.

세상은 의외로 뜻하지 않는 길로 걷게 되고..
삶은 전혀 뜻밖의 길로 사람을 이끌게도 됩니다.

지난 삶을 돌아보면..
원래의 계획대로 예상대로 순탄한 길을 왔을 때가
과연 얼마나 있었던가요.

삶을 더 길게 돌아보면..
십년 전 과연 내 자신이..

십년 후의 내 모습을 미리 예상하고..
과연 그 예상만큼 왔던 적이 있었던가요..

거의 뜻밖의 길을.. 뜻하지 않은 길을..
예상하지 못한 모습으로.. 예상 밖의 모습으로..
그렇게 걷게 되고.. 살게 되는 것이 우리 삶입니다.

그런 예상치 못한 길에는..
늘 삶의 선택의 순간이 있었고..

지금 당신이 이렇게 살고 있다는 것은..
그 선택의 순간에 옳은 길을.. 양심의 길을..
인간적인 길을.. 순수한 길을 선택했다는 것입니다,

쉬운 길을 편하게 걷는 길을 선택하기 보다는
어려운 길을 스스로 선택하고 힘겹게 걸어왔기에
비록 늦었지만 옳은 길을 걸어온 당신..

당신의 그 길을 칭찬합니다.
당신이 걸어온 그 선택을 고마워합니다.
그 때 그 길을 선택했기에..

당신은 좀 더 어렵고 먼 길을 돌아 걸었지요..

자신만을 위해 쉬운 선택을 했던 사람들은..
더 편하고 좋은 상황에 처해 있지만..
그것을 부러워하고 탐내기 보다는..
스스로의 길을 묵묵히 걸었었지요.

조금 늦더라도,, 그 길이 옳기에..
비록 좀 더 힘든 것을 알지만..
당신은 스스로 힘든 길을 선택 했습니다.

하지만 당신은 말 합니다.
더 많이 힘들고 어려웠었기에..
오히려 그 속에서 더 많은 것들을 배우고..
더 소중한 삶의 의미를 느끼고 깨달았다고..

그런 힘든 선택을 하지 않았더라면..
더 소중한 경험들을.. 더 의미 있는 것들을..
더 좋은 사람들을.. 만나지는 못했을 것이라고..

그렇게 어려움을 겪게 된 대가로

더 많은 사람들을 만나.. 더 소중한 경험으로..
더 의미 있는 삶의 깨우침을 얻은 것이기에..

결국은 그리로 오게 된 것이고..
그런 선택을 했음을 오히려 고마워한다고..

비록 갈 길은 좀 더 늦어졌지만..
그래도 괜찮다고.. 그런 경험도 소중 했다고..

이제 다시 새로운 선택의 길에서..
만일, 다시 그런 선택을 해야 한다면..

이미 지난 그 길을 걸었기에..
이제는 더 큰 아쉬움 없이.. 미련 없이..
더 새로운 선택을 할 수가 있다고...

이제 다시 시작하는 지금..
지금까지의 길을 열심히 걸어왔고..
올바른 길로.. 좋은 마음으로 묵묵히 왔기에..
새로운 길도.. 묵묵히 열심히 가면 된다고..

앞으로도 지금껏 그랬듯이..
당당하고 열심히 그 길을 간다면..
그 길도 분명 좋은 길일 것이라고..

이제 그 선택에 행운이 함께하길 바랍니다.
이제 그 노력에 행복한 결실이 함께하길...

당신의 새로운 그 길을 축복합니다.
당신의 새로운 그 길을 응원합니다.

삶,
나와 함께
혼자 걷기